64-83. 88-104
138-140
171. 179 183
187 194-215
216

Michel Ragon

Le roman de Rabelais

ROMAN

Albin Michel

IL A ÉTÉ TIRÉ DE CET OUVRAGE :
*vingt exemplaires sur vergé blanc chiffon, filigrané,
des Papeteries Royales Van Gelder Zonen, de Hollande,
dont dix numérotés de 1 à 10
et dix hors commerce numérotés de H.C. I à H.C. X.*

© Éditions Albin Michel S.A., 1993
22, rue Huyghens, 75014 Paris

ISBN 2-226-06731-0 (volume broché)
ISBN 2-226-06798-1 (volume luxe)

GARGANTUA
PANTAGRUEL

à Colette et Pierre Soulages

Il n'y a de liberté pour personne s'il n'y en a pas pour celui qui pense autrement.

Rosa Luxemburg.

1.

Il y a un peu plus de quatre cents ans, mais il me semble que c'était hier, vivait à Saint-Maur-des-Fossés un curieux bonhomme qui se prétendait prêtre tout en portant la robe et le bonnet des hommes de science ; un curieux bonhomme qui sentait le soufre, mais que protégeait un cardinal ami du roi François, premier du nom ; un curieux bonhomme qui écrivait des horreurs et aspirait à la sainteté. Ancien moine, ancien pauvre moine, du plus pauvre des ordres, celui des Franciscains, il avait, par une fantaisie du destin, vécu dans la familiarité des prélats, des princes et des papes. Considéré comme l'un des six plus célèbres médecins de son temps, il ne soignait plus que les pauvres, les nombreux pauvres qui, chaque jour venaient heurter sa porte et ne leur demandait en échange qu'une prière pour le repos de son âme.

Car son âme, s'il avait une âme, ce dont il n'était plus très sûr puisque, à la fois prêtre et savant, le raisonnement du savant venait contrarier la foi du prêtre, son âme, ou ce qui lui tenait lieu d'âme, aspirait en tout cas au repos.

Saint-Maur-des-Fossés était alors un petit village au sud-est de Paris, niché dans un méandre de la Marne. Petit village que dominaient une imposante abbaye bénédictine et un superbe château construit par le plus fameux architecte de l'époque, Philibert de l'Orme.

Or il se trouve que Philibert de l'Orme tout comme le cardinal Du Bellay, propriétaire du château, se flattaient d'être les amis du curieux bonhomme qui avait élu domicile dans une masure attenante à la modeste église Saint-Nicolas desservant les manants du lieu.

Presque tous les jours, le bonhomme recevait la visite d'un jeune moine, imberbe, le cheveu ras et les pieds nus, sa robe de bure effrangée attachée à la ceinture par une corde. Le moinillon ne venait pas de l'abbaye puisqu'il dépendait de l'ordre de Saint-François, l'ordre des moines mendiants et incultes et non de celui des moines savants de l'ordre de Saint-Benoît.

Le curieux bonhomme, du temps où il fut moine, appartint aux deux ordres, ce qui, en principe, était inconciliable (mais rien, pour lui, comme nous le verrons, ne fut inconciliable) ; aux deux ordres à tour de rôle, bien sûr, et à l'un pour échapper à l'autre.

Il s'agaçait des visites trop nombreuses du jeune moine, tout en le gourmandant lorsqu'il tardait à revenir. Car ce moinillon qui lui servait à la fois de secrétaire, de portier, de souffre-douleur et de confident, lui renvoyait l'image du franciscain qu'il avait été au même âge. Dès que le bonhomme le voyait entrer dans la pièce dénudée et sombre où l'on apercevait une paillasse, un broc et, près de l'unique fenêtre, un amoncellement de livres sur une table flanquée d'un tabouret, il lui semblait découvrir son image reflétée dans un miroir, son image d'adolescent pieux et réjoui, réjoui de sa piété, réjoui de sa pauvreté volontaire, réjoui de son retrait de la turbulence du monde.

Le vieil homme recevait comme une injure cette allégorie du temps. Le moinillon n'incarnait-il pas en vérité sa lointaine jeunesse. Et dans cette visite, dans ces visites répétées chaque jour, il percevait un reproche, une réprimande de François d'Assise dont il avait renié les vœux de pauvreté, de chasteté et d'obéissance. Alors, puisqu'il se sentait en faute, il s'en prenait au petit moine, comme si c'était lui, le fautif.

— C'est facile d'être chaste quand on est aussi pouilleux que toi, aussi sale, aussi malodorant ! Pas de tentation féminine, pour les cordeliers ! Toute la gent femelle, même les souillons des auberges, même les pestiférées s'enfuient dès que tu t'approches. Tu sens trop mauvais, Gilles, pour être induit en tentation.

Gilles, la tête inclinée, restait muet, laissant passer l'orage. Le vieil homme continuait à vociférer.

— Et la pauvreté ! Parle-m'en de la pauvreté ! C'est la meilleure manière de se délester le corps. Ne rien posséder est richesse. D'ailleurs suis-je devenu riche ? Regarde ce taudis. Tu me diras que j'ai vécu dans des palais et que le cardinal ne demanderait pas mieux que de me donner encore l'hospitalité. Mais on se lasse, Gilles, des protecteurs, des admirateurs, des mécènes, dont on n'est, au fond, que le valet. Je n'ai jamais possédé aucun bien, sinon des livres, oui, des livres qui valaient cher. J'ai gaspillé tout l'argent que je réussissais bien difficilement à soutirer au cardinal pour acheter des livres grecs. Je m'usais les yeux à les traduire en français. Je m'abîmais l'esprit à comparer la sagesse antique et nos croyances théologiques. Oui, mon seul péché d'envie a été les livres ; mon seul péché de désobéissance a été de lire les livres grecs que mes supérieurs m'interdisaient d'ouvrir ; mon seul péché d'avarice : les livres ; mon seul péché d'orgueil : les livres. Toute ma vie a été bouleversée, chamboulée, à partir du moment où j'ai ouvert d'autres livres que la Bible et le bréviaire. N'ouvre aucun livre, Gilles. Méfie-toi même de la Bible. Regarde dans quels abîmes la Bible a conduit les huguenots.

— Vous savez bien que, si je suis ici, c'est parce que j'ai lu les livres que vous avez écrits. Et que vos livres m'ont fait m'échapper du couvent...

— Alors tout recommence.

Oui, tout recommence. Toujours. Ce que le bonhomme vécut au XVIe siècle, d'autres le vécurent bien avant lui : Socrate, Sénèque, Boèce... D'autres le

Le roman de Rabelais

vécurent après lui. D'autres le vivent aujourd'hui. D'autres le vivront demain. C'est à la fois désespérant et stupide. Les hommes sont toujours les mêmes : des pourceaux et des chiens.

François Rabelais, puisque tel était le nom du bonhomme, s'était séparé du cardinal Du Bellay, tout en restant à sa porte, accourant dès qu'il l'appelait. Ils avaient vécu si longtemps ensemble qu'ils ne pouvaient se passer l'un de l'autre. L'admiration que le cardinal Jean Du Bellay portait à Rabelais était à la fois affectueuse et tyrannique. Depuis que le médecin Rabelais avait guéri l'homme d'Église d'une douloureuse sciatique, à Lyon, en 1533, ce dernier avait enlevé de l'Hôtel-Dieu le praticien pour en faire son médecin personnel. Sauf pendant les trois années où le cardinal le prêtera à son frère Guillaume, gouverneur du Piémont, plus malade que lui, Rabelais ne cessera d'être son protégé et son domestique.

En réalité, la subordination de François Rabelais à la famille Du Bellay datait de très loin, de la petite enfance où ce fils de bourgeois tourangeau avait été placé dans le couvent de la Baumette, près d'Angers. Il n'était pas très usuel que les bourgeois envoient leurs héritiers au couvent. Par contre, les aristocrates y faisaient fréquemment leurs études. Et c'est ainsi que le fils de l'avocat de Chinon connut les quatre frères Du Bellay. Deux d'entre eux deviendront évêques : René et Jean. Guillaume sera diplomate et à Martin, le plus jeune, restera la carrière des armes.

Comme la plupart des nobles, les Du Bellay ne restèrent cloîtrés que le temps d'apprendre le latin et la théologie. Aucun ne se sentit une vocation monastique. Ils étaient hommes du monde et le demeurèrent. François Rabelais n'était qu'un homme du peuple. Sa famille, aussi aisée qu'elle fût, voulut se débarrasser sans doute d'un surcroît de progéniture. Les couvents servaient beaucoup de débarras : cadets de noblesse trop dissipés, filles ayant fauté ou risquant de perdre leur vertu, sans parler de l'immense réservoir des pauvres pour lesquels l'accès à une communauté était une aubaine : le pain et la protection assurés.

Les quatre frères Du Bellay s'en allèrent un jour en éperonnant de beaux chevaux que leur apportèrent des écuyers. De moinillons, ils étaient soudain chevaliers, redevenus nobles, cambrés sur leurs montures. Et le même jour, François Rabelais quitta aussi le couvent et prit un chemin opposé à celui de ses condisciples. Ils étaient partis au trot vers la Touraine, lui descendit du côté du Poitou. Les quatre frères rejoignaient leurs domaines familiaux. Lui, s'éloignait de sa famille, de ce Chinon qu'il ne reverrait plus et qu'il n'oublierait jamais, de ces parents qui l'avaient rejeté et qu'il rejetait définitivement. Puisqu'il perdait ses amis (car les frères Du Bellay avaient été ses joyeux compagnons, habiles joueurs d'osselets, gracieux lanceurs de balle à la paume), ses parents, son pays, il opta pour le dénuement le plus total, devint novice au monastère

Le roman de Rabelais

des cordeliers du Puy-Saint-Martin, à Fontenay-le-Comte.

Moine mendiant, moine ignorantin, François Rabelais, jusqu'à ce qu'il soit ordonné prêtre, ne se préoccupa que de la purification de son âme, si difficile à purifier puisque immatérielle, comme un gaz ou un songe. Il pensait qu'en accédant à la prêtrise tout se clarifierait et que cette âme fuyante, à laquelle il consacrait sa vie, se matérialiserait, qu'un dialogue s'établirait enfin entre son âme et son corps. Mais le contraire se produisit.

Aussi rude que soit sa discipline, la communauté des cordeliers lui avait paru un univers privilégié, le plus proche du paradis, une sorte d'antichambre donnant accès à Dieu. Or, lorsqu'il reçut la prêtrise, bizarrement une sorte de taie se détacha de ses yeux et il vit le couvent tel qu'il était, mesquin, minable, malodorant, avec des moines, ses confrères, qui s'y prélassaient comme des rats dans un grenier à blé. Les novices quêtaient dans la ville, s'en allaient dans les campagnes, besace sur l'épaule, et rapportaient de quoi nourrir une porcherie. Oui, ces moines gras, rouges, obèses, dont l'haleine puait le vin aigre et la viande faisandée, qu'avaient-ils de commun avec cette âme éthérée que leur prêtait ingénument François ? Il avait pris au sérieux, très au sérieux, les commandements de l'ordre monastique qu'il avait choisi, celui de cet autre François, le Poverello d'Assise. Comme le recommandait le saint, il s'était abstenu de lire autre chose que les Évangiles. Soudain, l'ignorance satisfaite d'elle-même de ses compagnons lui répugna autant que la saleté de leurs corps. Le couvent du Puy-Saint-Martin, comme tous les couvents, regorgeait de livres que personne ne lisait. Pire, les frères copistes grattaient les manuscrits, supprimant les passages trop difficiles à transcrire, ou trop licencieux. Ils arrachaient les pages des miniatures et les vendaient en ville pour quelques sous, comme des images de colporteurs. Que les Espagnols eussent brûlé des millions de livres antiques dans les bibliothèques des villes arabes, en Andalousie, leur paraissait une purification exemplaire. Ils faisaient de l'ignorance une vertu.

Ordonné prêtre, François Rabelais se cabra contre cette apathie. Il avait déjà vingt-six ans. Afin de demeurer le moins possible dans cette bauge puante, il demanda à être chargé de la prédication et s'en fut, par les bourgs et les hameaux, propager la parole évangélique. Il pensait ainsi devenir un pêcheur d'âmes, amener le monde laïc à Dieu dans une corbeille de jonc. Et c'est le monde, ce monde dont il ignorait tout, qui le conquit. Il pensait sauver son âme, en même temps que toutes les âmes qu'il ramasserait dans son filet de pêcheur et c'est son corps qui manifesta violemment sa présence. Le monde vers lequel il alla pour diffuser la parole de Dieu s'ouvrit à lui comme un grand livre qu'il se mit à lire avec gloutonnerie.

Il s'aperçut que les murs des couvents, que son existence enclose depuis l'enfance, lui cachaient la pulsation des corps. Ces foules, devant lesquelles il prêchait, car il fut vite un de ces prêcheurs populaires qui attiraient le peuple, lui révélaient l'ambiguïté des corps. Corps étranges des femmes, créatures éliminées de la vie conventuelle masculine et d'autant plus énigmatiques, dont les rondeurs, malgré l'accumulation des oripeaux, exhalaient une trouble sensualité. Corps malades, corps meurtris, corps estropiés, toutes les maladies, toutes les infirmités se donnaient rendez-vous lorsqu'il venait prêcher. Sa réputation lui valait des rassemblements qui ressemblaient à une cour des miracles. Et il voyait bien que l'on attendait de lui, le saint homme, l'homme de Dieu, l'homme de la grâce, qu'il accomplisse des miracles. Car pourquoi, sinon, aurait-on traîné, sur des litières de branchages, des grabataires et des paralytiques ? Pourquoi les culs-de-jatte et les estropiés rampaient-ils dans la boue pour s'approcher le plus près possible de ses pieds nus, pour les toucher, voire les embrasser ? Dans la foule muette qui le regardait sans aménité, il reconnaissait les bilieux, les catarrheux, les apoplectiques, les hydropiques. Les dartreux, les scrofuleux, les ulcéreux étalaient leurs plaies, les lui montraient de loin, comme un reproche. Pourquoi Dieu envoyait-il tant de misère sur le pauvre monde, sur le monde des pauvres, comme si ce n'était pas déjà assez de cette malédiction de la pauvreté ? Pourquoi ces manchots, ces unijambistes, ces enfants rachitiques aux ventres ballonnés, ces hommes livides, étiques, ces femmes goitreuses, ces fiévreux tremblotants, ces diarrhéiques baissant culotte et salissant leurs chausses de leurs excréments ? Pourquoi ces toux qui semblaient déchirer les poumons, ces crachats sanguinolents, ces yeux aveuglés par des glaucomes ? Pourquoi ? Pourquoi ?

Les moines n'étaient pas exempts de maladies, mais leur réclusion les préservait de bien des maux. Comparé à cette vie du monde que Rabelais découvrait avec stupeur, le couvent ressemblait, malgré ses aberrations, à l'antichambre du paradis ; tandis que cette vie des laïcs s'apparentait à l'arrière-cuisine de l'enfer.

François Rabelais se persuada rapidement qu'il ne suffisait pas de vouloir sauver les âmes. Ces âmes, dans des corps aussi malades, ne risquaient-elles pas de pourrir ? Il était prêtre. Il résolut de devenir médecin.

Dans la bibliothèque du couvent, les seuls livres traitant de médecine étaient écrits en grec. Aucun des moines du Puy-Saint-Martin ne connaissait cette langue, morte depuis la mort de Byzance. Rabelais décida de l'apprendre. En même temps, il sortit des casiers quelques volumes moisis par l'humidité et découvrit les théories du droit, des mathématiques et de l'astrologie. Du moins ce que les rats avaient laissé. Aucun ouvrage n'était intact. Les manuscrits n'avaient plus de marges blanches, découpées par les moines iconoclastes pour en faire des cahiers de comptes. Des chapitres entiers manquaient, les pages ayant servi sans doute à allumer les chandelles. Quoi qu'il en soit, Rabelais qui n'avait jamais lu autre chose que les Évangiles et le bréviaire, découvrait un univers insoupçonné, se laissait griser par ses lectures, ne sortait plus de la bibliothèque que pour les offices. Et encore, au lieu de marmonner machinalement des prières cent fois redites, se surprenait-il à se remémorer les rudiments du grec qu'il étudiait dans les vieux glossaires.

Les fantaisies érudites de Rabelais furent d'abord tolérées parce que l'on pensait qu'il cherchait dans les grimoires des arguments pour ses sermons. Sa popularité de prédicateur valait au Puy-Saint-Martin de nombreux avantages, en argent et en nature. Les choses se gâtèrent lorsqu'il rechigna à aller prêcher, considérant que ces déplacements nuisaient à ses études. Arrivèrent de surcroît auprès du père supérieur les récriminations de curés des villages où la parole de Rabelais créait des troubles. On l'accusait de friser l'hérésie. Lorsque le père supérieur découvrit que Rabelais apprenait le grec, le scandale fut à son comble. Le latin seul était langue d'Église et, à Paris, la Sorbonne bannissait des études le grec, langue païenne.

Dans les monastères, on ne badinait pas avec ceux qui en prenaient à leur aise avec la discipline. On pardonnait la goinfrerie, la paresse, la paillardise et même la luxure, mais jamais les fautes contre l'esprit. Un esprit libre était possédé par le démon. Le père supérieur rappela à Rabelais que, dans ce même couvent du Puy-Saint-Martin, un prêcheur, Philippe Bertin, au succès public également trop voyant, avait été brûlé comme hérétique. La porte de la bibliothèque cadenassée, Rabelais mis en pénitence dans sa cellule ne pensa plus qu'à fuir. Mais échapper à un couvent n'était pas simple, d'autant plus qu'on n'échappait jamais à ses vœux. Un moine fugitif se déclarait, par là même, coupable. L'Église, toute-puissante, plus puissante que les seigneurs et les rois, le rattraperait fatalement un jour et le châtierait. Les bûchers de l'Inquisition rôtissaient autant de moines que de sorcières.

Dans son ignorance, dans sa pureté, Rabelais n'avait jamais soupçonné qu'il y eût des hérétiques et encore moins que les paroles de ses sermons puissent être teintées d'hérésie. Il savait que l'on brûlait sur des fagots empilés de méchants hommes et de méchantes femmes, possédés par le diable. Le diable se serait-il introduit dans son corps et par quelle malignité ? La manière dont les moines, ses confrères, le regardaient, de leurs petits yeux porcins brillants du plaisir de le voir bientôt flamber, lui démontra l'urgence de décamper.

Non loin de Fontenay-le-Comte, à mi-chemin de La Rochelle, s'étendait un grand marais si souvent inondé que l'Océan venait y rejoindre les eaux des rivières et que les marsouins et les baleines remontaient jusqu'à Luçon. Peu habité, sinon par des cabaniers et des huttiers qui s'établissaient sur des monticules épargnés par les eaux, le Marais poitevin était drainé, mis en culture, civilisé en un mot par des moines bénédictins qui avaient construit sur une île une très grande abbaye : Maillezais.

Rabelais osa y demander refuge. Le père abbé,

Le roman de Rabelais

Geoffroy d'Estissac, avait entendu parler des sermons de ce clerc, qu'il trouvait naïfs mais d'un bon esprit évangélique. L'appétit de savoir du cordelier le conquit. Il l'autorisa à échanger son froc couleur de puce, ce qui évitait d'y voir grouiller la vermine, contre l'habit noir bénédictin. En même temps que Rabelais changeait d'ordre religieux, il allait changer de vie, changer même de siècle. Les sept années qu'il vivra dans l'abbaye Saint-Pierre de Maillezais seront parmi les plus heureuses de sa vie. Sorti du Moyen Âge par la porte du couvent franciscain de Fontenay-le-Comte, il entrait dans la Renaissance avec les moines bénédictins industrieux et lettrés de Maillezais. Rabelais avait cru rejoindre dans le couvent de Fontenay les disciples de François d'Assise. Mais François d'Assise était mort depuis déjà trois cents ans et son ordre dégénérait. La mendicité et le vagabondage, propres aux franciscains, et qui demeuraient conformes aux vœux de leur fondateur, paraissaient un anachronisme en ce début du XVIe siècle où la paysannerie, la bourgeoisie et la noblesse connaissaient une inhabituelle prospérité. Hommes de leur temps, les bénédictins de Maillezais partageaient leurs journées entre l'étude et le travail manuel. Ils édifiaient dans le marais des canaux, des écheneaux, des biefs, des chaussées. Ils assainissaient le sol spongieux et le transformaient en terroir propre à la culture ; plantaient le chanvre que les yoles noires venaient chercher en naviguant sur les canaux, pour le vendre aux foires de Fontenay ; salaient les anguilles pour les mettre en conserve ; tiraient de l'encre des sèches; creusaient des tranchées d'eau où les saumons et les aloses s'égaraient avant de s'entasser sur les tables du couvent. Loin de Rabelais, désormais, les rogatons rongés au réfectoire des cordeliers! On faisait bonne chère chez les bénédictins qui savaient, eux, que la santé du corps bénéficiait à la santé de l'âme.

Rabelais ne ménagea pas sa peine dans les tourbières et les oseraies. Son corps malingre prit des rondeurs et surtout des muscles. Ce travail manuel, si nouveau pour lui, contribua à clarifier son esprit. La bibliothèque de Maillezais, superbe, offrait des livres en parfait état. Geoffroy d'Estissac était un lettré (ce que l'on appellera un humaniste) que François Ier avait nommé à la fois évêque du diocèse et abbé de Maillezais, moins pour sa piété que pour sa naissance. Les ducs d'Estissac de La Rochefoucauld ne descendaient-ils pas du seigneur de Lusignan qui épousa la fée Mélusine? Un Lusignan ne fut-il pas roi de Jérusalem en 1186? Et un autre, Geoffroy la Grand Dent, ne dévasta-t-il pas Maillezais, s'en repentit et, par pénitence, reconstruisit le couvent actuel dans toute sa magnificence?

De très loin, au-dessus de ce qui forma jadis un golfe de l'Océan avant que les moines n'arrachent ces parcelles de terre aux eaux, on apercevait les six clochers de la cathédrale. L'abbaye, entourée de hautes murailles, avec des échauguettes surveillant les angles, était à la fois un couvent et une place forte. Deux tours carrées, des bâtiments conventuels en équerre, un réfectoire, un dortoir, une cave à sel, des remises, l'abbaye avait le confort d'une petite ville bien protégée.

Depuis les quatre frères Du Bellay, Rabelais n'avait plus rencontré de nobles. Sinon l'abbé de Maillezais, grand seigneur peu accessible. C'est seulement lorsque Rabelais eut achevé la traduction des voyages d'Hérodote et qu'il en offrit le manuscrit à l'évêque, que ce dernier se souvint du cordelier qu'il avait recueilli. Que cet inconnu devienne si vite expert dans la difficile étude de la langue grecque l'étonna. Il fut encore plus surpris lorsque, l'ayant convoqué pour l'interroger, il s'aperçut de l'étendue de son savoir. En une seule année, Rabelais avait engrangé dans son cerveau une vaste ébauche de ces connaissances encyclopédiques qui feront de lui l'un des hommes les plus savants de son temps. Botanique, médecine, littératures latine et grecque, l'érudition de Rabelais était déjà prodigieuse.

Il osa parler à son seigneur-évêque de ce moine transfuge, Érasme, dont il avait lu avec passion les *Adages* et avec ravissement l'*Éloge de la Folie*. Il lui commenta également Plutarque et Lucien de Samosate.

— Ne trouvez-vous pas Lucien quelque peu impie? dit l'évêque. Quant à Érasme, son édition grecque du Nouveau Testament est bien audacieuse. Qui m'aurait dit que j'allais, en vous donnant asile, fourrer un loup dans ma bergerie? Vous me semblez trop dangereux pour que, sans inquiétude, je vous laisse parmi mes ouailles. Vous resterez près de moi.

Après un long silence :

— Vous doutez, n'est-ce pas ?
— Douter de quoi, monseigneur ?
— Mais de tout. On n'apprend que si l'on doute. Et vous avez vraisemblablement ressenti, vous ressentez encore, le plaisir du doute. Seuls les puissants ne sont pas taraudés par le doute. Ils affirment, le poing levé, prêts à frapper ceux qui doutent.

Geoffroy d'Estissac était un des hommes les plus puissants du Poitou, mais il ne levait pas le poing. Il tendit au contraire la main à Rabelais qui baisa son anneau.

— Vous serez désormais mon secrétaire. Enfin, l'un de mes secrétaires, mon secrétaire érudit. Je ne lis pas le grec. Vous me traduirez les livres que je ferai venir d'Italie. Il n'y a qu'un seul imprimeur de grec en France et il n'a réussi qu'à publier vingt traductions en vingt ans. J'espère que vous irez plus vite.

Comme Rabelais se retirait, il le rappela :

— Ah ! Les convictions philosophiques des antiques ne vous ont-elles pas parfois suffoqué ?

Suffoqué ? Oui, qu'il y eût des sages avant la venue du Christ n'était-ce pas suffocant ?

Rabelais jugea plus prudent de ne rien répondre et partit à reculons.

Les prélats de l'importance de Geoffroy d'Estissac disposaient d'une véritable cour. Ils levaient des taxes et des dîmes, battaient monnaie, disposaient de gens d'armes, de gens de fête, d'équipages de chasse, de fauconniers. La plupart ne faisaient que de brèves apparitions dans leur diocèse, se contentant de percevoir leurs revenus. Geoffroy d'Estissac avait l'originalité de partager son temps entre l'abbaye de Maillezais, le prieuré de Ligugé et le chapitre royal de Saint-Hilaire-de-Poitiers dont il était le doyen. Autrement dit, il ne sortait pas de ses terres du Poitou, mais s'y trouvait toujours en mouvement. Les seigneurs et le roi lui-même conservaient les habitudes nomades de leurs ancêtres francs. La cour royale, comme toutes les petites cours provinciales, ne cessait de déménager. Celle de Geoffroy d'Estissac allait de Maillezais à Ligugé, de Ligugé à Poitiers, de Poitiers à L'Hermenault, en emmenant sa vaisselle, sa literie, sa garde-robe et un personnel composé d'un maître d'hôtel, d'un écuyer, d'un médecin, de cinq pages, de trois secrétaires, de deux valets de chambre, d'un argentier, d'un cuisinier, d'un sommelier, d'un tailleur, d'un apothicaire, de quatre laquais, d'un palefrenier avec deux garçons d'écurie, d'un muletier, d'un charretier, de deux chantres et de trois musiciens. Sans parler, pour l'ornement sans doute, de quelques dames et demoiselles aux jolis atours.

Très vite, dans cette cour nomade, Rabelais trouva une place de choix, tout près du prélat qui appréciait sa bonne humeur, ses plaisanteries, mais aussi sa compétence et sa sagesse. Rabelais n'en était-il pas déjà venu à correspondre en latin avec l'écrivain le plus célèbre de ce temps, Érasme ; et en grec avec l'un des dix hellénistes que comptait le royaume, Guillaume Budé ? Parmi les gens de Geoffroy d'Estissac, il tarabustait le médecin et l'apothicaire, voulant tout connaître de leurs pratiques ; questionnait sans relâche le maître maçon qui édifiait pour l'évêque un château à Coulonges-sur-l'Autize, aux environs de Fontenay-le-Comte, surveillant les motifs de la sculpture des superbes cheminées et du porche à pilastres, contrôlant les dessins des plafonds à caissons.

Gilles, le moinillon, agaçait le vieux Rabelais avec ses questions. Mais il entre dans le rôle du disciple de questionner.

— N'est-ce pas à Maillezais que vous avez imaginé l'abbaye de Thélème ?

— A Maillezais je n'imaginais rien. Je vivais heureux. Je ne connaissais pas encore l'envers du décor. J'étais protégé des fureurs du monde.

— Alors pourquoi cette fuite de l'abbaye, cette rupture avec le bon évêque ?

— Le bonheur est parfois trop lourd à porter, Gilles. Surtout pour nous qui avons choisi, ou qui avons été choisis pour porter une croix qui est un gibet.

2.

Comme chaque jour, un page du cardinal Du Bellay vint prier Rabelais de le suivre au château de Saint-Maur. Et, comme chaque jour, Rabelais maugréa, dit qu'il devenait trop vieux pour répondre aussi souvent au caprice du prélat. Seulement l'habitude d'obéir, l'impossibilité d'ailleurs de ne pas obéir aux maîtres, lui fit suivre le page.

Jean Du Bellay l'attendait dans son immense salon décoré de bustes et de torses d'antiques. Souvenirs des temps bénis où le cardinal et son médecin vivaient à Rome, dans l'environnement des papes. Passionné par l'Antiquité autant que Rabelais, Jean Du Bellay s'était livré avec lui à des fouilles fructueuses. Il est vrai que la Rome papale n'avait pas encore effacé la Rome impériale et que le Forum abondait de sculptures plus ou moins brisées, au milieu desquelles des bœufs cherchaient leur pâture. Seules les trois colonnes du temple des Dioscures émergeaient des ruines. Pour être plus tranquilles dans leurs recherches, Jean Du Bellay acheta une vigne. Le cardinal et le médecin dirigeaient des équipes de manœuvres qui en bouleversaient les ceps et la terre.

Ils en tirèrent un jour un Apollon, un autre jour une Vénus. L'Apollon et la Vénus encadraient le bureau du cardinal.

Jean Du Bellay était le troisième des quatre frères, le moins beau, mais le plus ambitieux. On parle parfois d'ambition dévorante. Il illustrait parfaitement cette expression, car l'ambition l'avait physiquement dévoré. Sa maigreur était telle qu'il eût pu inviter ses trois frères à garnir avec lui sa robe rouge qu'il faisait ballonner pour dissimuler son corps desséché, et à laquelle s'agrippait un singe qui, d'ordinaire, se juchait sur son épaule.

Jean Du Bellay compensait cette disgrâce par une grande vivacité d'esprit, une érudition d'humaniste qui rivalisait avec celle de Rabelais, un charme qui tenait dans sa parole enjouée et une certaine facétie. D'abord évêque de Bayonne, cette nomination lui ayant paru un exil, il ne se rendit jamais dans ce diocèse. L'évêché de Paris, que lui octroya François Ier, lui convint mieux et il se dévoua dès lors sans faillir à son souverain protecteur. Chargé par le roi d'une mission auprès du pape Clément VII, Jean Du Bellay fut frappé en chemin, à Lyon, par une paralysante attaque de sciatique. On dépêcha vers lui le meilleur médecin de l'Hôtel-Dieu. C'était Rabelais. Qui le guérit par des manipulations inquiétantes mais efficaces. Les deux anciens novices du couvent de la Baumette se reconnurent avec la stupéfaction que l'on devine. Est-ce la joie d'avoir retrouvé son compagnon d'enfance, ou la peur que la sciatique le reprenne, toujours est-il que Jean Du Bellay persuada Rabelais de devenir son médecin privé et de l'accompagner à Rome.

Le 17 janvier 1534, Rabelais toucha ses gages de médecin de l'hôpital (vingt-sept livres tournois) et se mit en route avec enthousiasme. Qui ne rêvait alors d'aller à Rome! Athènes, aux mains des Turcs, était inaccessible. Donc toute l'Antiquité se concentrait à Rome. Rome, la Jérusalem des humanistes! Un rêve!

L'évêque de Paris ne disposait pas d'un aussi superbe équipage que l'évêque de Maillezais. Outre Rabelais, l'escorte comprenait seulement un secrétaire, un page, un domestique et la guenon. A dos de mules, ils suivirent la route des pèlerins; passant le Guiers au pont de Beauvoisin, remontant la vallée de l'Isère, puis celle de l'Arc, aidés par les « marrons de Savoie », ces guides familiers des sentiers de montagne et des obstacles neigeux. Par grand froid, ils franchirent les Alpes au mont Cenis et descendirent vers Turin. Le 8 février, ils étaient à Rome.

Dès qu'il fut reçu au Vatican, Jean Du Bellay séduisit le pape par son éloquence et sa gentillesse. Aussi se crut-il un peu vite cardinal. Il devra néanmoins attendre pendant dix-sept mois la mort de Clément VII et l'élection de Paul III pour obtenir son chapeau. Quinze ans plus tard, à la mort de Paul III, il briguera la tiare, mais n'obtiendra que huit voix. Vexé, il se retirera dans ses terres de Saint-Maur-des-Fossés, où nous le retrouvons près de Rabelais.

Le roman de Rabelais

— J'ai une grande nouvelle pour vous, lui dit-il. Sa Majesté m'a demandé pourquoi vous n'écriviez plus. Elle souhaite vous voir publier de nouveaux livres. Elle m'a même exprimé son chagrin de ce que vous ne montriez pas autant d'ardeur à louer son règne que celui de feu son père.
— Et qu'avez-vous répondu ?
— Que je m'emploierai à vous persuader...
— Notre temps est fini, éminence. Il s'est achevé avec la mort de notre bon roi François, premier du nom. Vous savez bien que son fils ne nous aime pas.
— Il croit que vous ne l'aimez pas.
— Pour une fois, il montre quelque perspicacité. Non, je n'aime pas, et vous n'aimez pas, ce prince de trente ans mené en laisse par une femme de cinquante, qui fait la fortune des Guises. Diane de Poitiers, qui ne vieillit pas, qui affiche son éternelle jeunesse en se laissant peindre et sculpter toute nue, est une sorcière. Ne m'avez-vous pas raconté que, lors de l'agonie de notre bon roi François, Diane (qui porte le nom de la déesse de la chasse, autre signe de sorcellerie !) folâtrait avec les Guises en chantonnant : « Il s'en va, le galant ! » ?
— Croyez-vous vraiment que je vous aie dit pareille sottise ? Voyons, François mon ami, vous avez toujours su oublier opportunément ce que je n'aurais pas dû vous raconter.
— Je ne suis plus tenu à l'oubli, puisque je n'écris plus.

Le roman de Rabelais

— Si vous ne voulez pas écrire pour le roi, écrivez pour me faire plaisir, à moi.

Le contraste était grand entre ces deux hommes, d'à peu près le même âge. Jean Du Bellay, dans sa robe rouge, avait belle allure. Il paraissait beaucoup plus jeune que Rabelais, engoncé dans sa tunique terne de docteur. Et bien qu'il fût mis à l'écart par les Guises, qui éloignaient du roi tous les courtisans suspects de sympathies évangéliques, il ne désespérait pas de regagner la faveur royale.

— Notre temps est fini, reprit Rabelais. Comment pourriez-vous prétendre défendre la liberté en France, alors que vous n'avez pu empêcher la Sorbonne de brûler votre jeune secrétaire. On le disait protestant, mais il ne l'était pas plus que vous, ni pas moins. A travers lui, c'est vous que l'on approchait du feu. Il est vrai que l'on a brûlé des centaines et des centaines de moines, mais jamais un seul cardinal.

» On brûle aussi facilement les écrivains et leurs livres. Comme Dolet. En condamnant au bûcher Étienne Dolet, la Sorbonne menaçait tous les savants, tous les esprits libres. En le déclarant coupable de blasphème et de sédition, en lui faisant éclater les muscles et les tendons des jambes à la mordache, en le pendant et en le grillant vif place Maubert, les docteurs de la Loi se proclamaient plus puissants que les rois, plus puissants que les papes, plus puissants que les cardinaux, éminence. Mon pauvre ami Dolet avait comme devise : « Préservez-moi, ô Seigneur, des calomnies des hommes ! » Le Seigneur lui-même ne l'a pas préservé. Car l'Inquisition est plus puissante que Dieu. En Flandre, elle fait enterrer vives des femmes suspectes de luthérianisme. A Meaux, quatorze pauvres gens accusés d'avoir écouté la lecture des Évangiles en français ont eu la langue coupée. On leur a broyé les membres. On les a dépecés comme des bêtes de vénerie. On a traîné leurs chairs martyrisées sur des claies et ce qui restait de leurs corps a été calciné. Toujours cette folie du feu, le feu qui consume, qui empêche, croient-ils, la résurrection des corps. Ils veulent non seulement leur enlever la vie d'ici-bas, mais aussi la vie éternelle.

» Cette haine du français, éminence, cette haine des écrits en langue vulgaire, comme ils disent, ce français indigne de traduire les paroles sacrées, n'est-elle pas aussi une condamnation de mes propres textes ? La condamnation de Dolet, notre meilleur imprimeur de livres en français, le plus prolixe (quatre-vingt-trois ouvrages, pour le moins !) m'a fait sentir le roussi. J'ai dû me réfugier à Metz, ville d'Empire, et me placer sous la protection de Picrochole que j'avais tant raillé. Heureusement Charles Quint n'a lu que les ouvrages de piété de ses confesseurs. Pendant deux ans, alors qu'à Paris les théologiens condamnaient mon *Tiers Livre* comme farci d'hérésies, Metz me sauvait du bûcher.

» J'ai passé ma vie à me sentir le feu aux fesses, éminence. Et vous voudriez que je recommence à attiser les flammes ? Je pensais que l'on m'avait oublié et me réjouissais de ma retraite. Vous m'assurez que le petit roi requiert mes services. Quelle manigance se cache derrière ce vœu ? Dans quelles nouvelles manœuvres voulez-vous m'entraîner, éminence, et peut-être même entraîner le roi ?

Le visage impassible de Jean Du Bellay ne trahit aucun trouble. Bien au contraire, il sourit. Posant sa main gantée de dentelle sur l'épaule de Rabelais, il dit d'un ton badin :

— Mon frère François, vous me prêtez de noirs desseins.

— Mon frère Jean, au couvent de la Baumette, j'étais un canard parmi les cygnes. Près de vous, près de votre frère Guillaume (sa chère mémoire m'attriste), je me suis toujours senti canard. Regardez mon plumage, si terne, près du vôtre si flamboyant. Mon cri n'est pas beau, mais il est un cri d'alarme. Vous n'aurez pas raison des Guises, ni de Diane. Vous n'aurez pas raison de l'Inquisition qui tient le Saint-Père à la gorge. Lui aussi, comme nous, a peur des théologiens.

Le cardinal caressait la guenon qui regardait Rabelais fixement, de ses yeux ronds.

— Dans quelles nouvelles manœuvres voulez-vous m'entraîner, éminence ? reprit Rabelais.

Il savait par expérience que Jean Du Bellay et son frère Guillaume n'avaient cessé de tirer les ficelles diplomatiques sous le règne de François Ier. Leur grande idée, et ce qui sera même pour eux un apostolat, était de réconcilier catholiques et protestants, dans une Église épurée de ses fastes et de sa luxure, dans une Église régénérée par l'humanisme. Aux missions de Guillaume Du Bellay en Allemagne, auprès des princes luthériens, dont il s'efforçait de faire des ennemis de Charles Quint, répondaient les intrigues de Jean Du Bellay en Italie. Pour infléchir le pape du côté de la France, le cardinal Du Bellay offrait à Paul III une pension de six mille livres pour son fils Pier Luigi, le condottiere, donnait quatre mille livres au cardinal de Trani, deux mille livres de pension au cardinal Palmieri et, de surcroît, l'évêché d'Apt ; deux cents écus au poète Francesco Modesti afin qu'il célèbre en vers latins François Ier.

Car l'ennemi de l'humanisme, l'ennemi de l'évangélisme, le souverain plus puissant que le pape, le protecteur de l'Inquisition, le catholique intégriste, c'était l'empereur Charles Quint. Tout était bon aux frères Du Bellay pour tenter de contrer Charles Quint : l'alliance avec Henry VIII, roi d'Angleterre, l'alliance avec les princes allemands protestants et même un accord avec les Turcs. Juste au moment où l'Europe se séparait de l'Orient, où l'Espagne chassait ses juifs, l'accord entre François Ier et Soliman le Magnifique indigna aussi bien les catholiques que les luthériens. Chargé de la dangereuse correspondance avec les Turcs, Jean Du Bellay demanda à son médecin-secrétaire d'apprendre l'arabe. A une époque où personne ne l'étudiait en Occident, Rabelais déchiffra donc l'arabe, ce qui lui permit de lire les Averroïstes dans le texte. Mais Charles Quint fit intercepter les messages entre le roi de France et le sultan ottoman. En Italie, en Dalmatie, à Venise, en Bosnie, les agents de Jean Du Bellay étaient assassinés et dévalisés. Le cardinal n'échappa au poison et au poignard qu'en quittant secrètement Rome, avec précipitation. Comme d'habitude, pour le meilleur et pour le pire, Rabelais le suivit.

Il l'avait encore suivi à Saint-Maur-des-Fossés, partageant sa disgrâce. Henri II, considérant que Jean Du Bellay s'était montré trop faible auprès du pape, l'avait remplacé par le cardinal de Ferrare. Jean Du Bellay s'impatientait de son inaction, s'impatientait de ne pas toujours trouver le médecin Rabelais à ses côtés, d'autant plus que la goutte et la fièvre l'inquiétaient.

— Nous formons un trop vieux ménage, éminence, répliquait Rabelais. Je vous manque et, lorsque je suis là, je vous agace. Laissez-moi vous soigner en paix. Ne pensez plus aux caprices de la Cour. Rome a un nouveau pape. La France a un nouveau roi. Nous sommes des antiquités. Il ne faut pas défier le sort. Le nôtre est aujourd'hui mauvais. Profitez plutôt de ce beau palais italien que vous a élevé Philibert sur les bords de la Marne, paradis de salubrité, de sérénité, de commodité, de délices et de tous les honnêtes plaisirs de l'agriculture et de la vie rustique.

— Puisque vous aimez tant ma maison, pourquoi ne venez-vous pas y vivre ?

— Mais j'y suis tous les jours, éminence, pour vous servir, et je profite en même temps des jardins, des marbres, des fruits de vos arbres. A vivre dans le palais, je m'en lasserais. Ou plutôt je n'en mesurerais pas tout le prix. Le contraste avec ma masure me sert d'étalon.

— Que signifie ce complexe de pauvreté ? Ridicule pour un génie de votre espèce. Vous avez en vous une telle richesse que vous aurez beau vous humilier, jamais vous ne deviendrez pauvre. Et puis, n'est-ce pas de l'orgueil ? Léonard de Vinci avait autant de génie que vous et il accepta bien l'hospitalité de notre roi, jusqu'à mourir dans ses bras.

— Ah oui, Léonard, ce peintre de madones qui ne trouva rien de plus précieux à apporter d'Italie que son portrait de Monna Lisa ! On imagine ce petit vieillard, cheminant difficilement à dos de mulet pour franchir les Alpes, comme nous l'avons fait si souvent, dans la neige et les glaces et, tenant serré sur sa poitrine son précieux cadeau pour le roi, cette madone ricanante...

— Elle ne ricane pas. Elle sourit. Divinement.

— Ne mêlez pas le divin à cette mascarade, éminence.

— Vous parlez comme un franciscain.

Rabelais s'esclaffa :

— Nous arrivons à l'âge où l'on retombe en enfance. Je retrouve peut-être mon enfance franciscaine. Mais l'ai-je jamais perdue... Nous avons lutté toute notre vie, ensemble, pour ressaisir la vérité de l'Évangile, la pureté de l'Évangile, la simplicité de l'Évangile, contre tous les dogmatismes, contre toutes les intolérances. Quel dommage que vous ne soyez pas devenu pape, éminence ! Vous auriez été peut-être le premier pape franciscain. Vous auriez décidé de fondre la tiare et tous les ors du Vatican pour en distribuer le produit aux pauvres. Vous auriez quitté votre robe rouge et votre chapeau, pour l'habit de l'humaniste, pour l'habit sombre d'Érasme...

— Allons, médecin Rabelais, rejoignez votre taudis. Vous affabulez.

3.

GILLES, moine fugitif, avait fini par trouver asile dans le gîte de Rabelais. Il dormait derrière la porte, comme un chien de garde. De bon matin, enveloppé d'une pèlerine qui dissimulait son froc, il faisait rapidement le tour des boutiques pour acheter les provisions de la semaine : de la viande salée, du poisson séché, des légumes pour la soupe, du mil, du pain. Quant au vin d'Orléans, qu'appréciait particulièrement son maître, il le soutirait à la barrique toujours bien remplie dans le cellier.

Lorsqu'il rentrait, à chaque fois l'émotion lui faisait battre le cœur très vite. L'émotion de voir une foule de misérables attendre à la porte du logis. Il ralentissait le pas, cherchant à discerner si des archers ne se mêlaient pas à cette gueuserie. Ne venait-on pas le chercher ? Ne venait-on pas arracher Rabelais à sa retraite ? Qui n'était hanté, en ce temps-là, par les images du gibet, de la roue, du bûcher ? Qui pouvait se persuader d'en être exempt ? N'était-on pas, aux yeux des théologiens, toujours coupable de quelque chose, ne serait-ce que de ne pas s'avouer coupable ?

Mais non, tous les jours, à l'aube, recommençait la

procession des malades attirés par la science du docteur Rabelais, et plus encore par sa réputation de soigner gratis.

Gilles se frayait un passage parmi ces gens qui grognaient, allait ranger les provisions et retournait entrebâiller la porte, ne donnant l'ouverture qu'à une personne à la fois. Rabelais recevait ces malades dans la seule pièce habitable, là où se casaient le lit et la table encombrée de livres.

Rabelais n'attachait pas une grande confiance à l'observation des urines, communément pratiquée par ses confrères. Selon eux, une urine pâle dénonçait une affection bilieuse, une urine rouge une altération du sang, une urine verte une maladie intestinale, des sédiments blanchâtres un mal des viscères ou des articulations, une urine épaisse et à forte odeur annonçait la mort. Il ne croyait pas du tout que les maladies étaient une punition envoyée par Dieu et que les saints guérisseurs pouvaient pallier cette malédiction. Mais il n'en disait rien à ses malades, si heureux que saint Laurent guérisse les brûlures (tout en étant mort des siennes), que saint Job résorbe les ulcères et saint Cloud les furoncles, que sainte Claire soulage les maladies des yeux, saint Ignace celles du cuir chevelu et que saint Claude réduise les boiteries. Toutefois, à ces brûlés, à ces ulcéreux, à ces demi-aveugles, à ces boiteux, qui venaient le consulter (las de voir leurs prières inexaucées), se souvenant que l'Église condamnait ceux qui se montraient irrévérencieux envers les saints protecteurs, il leur assurait qu'il ne faisait qu'aider les saints à les guérir et que leur bonne santé ne dépendait que d'eux. Il voulait dire que d'eux les malades, et non pas que d'eux les saints, jouant une fois de plus sur l'ambiguïté des mots. L'ambiguïté des mots l'enchantait. Et leurs rapprochements saugrenus.

Il écartait la corvée des urines et des selles. Quant aux saignées, il n'en pratiquait que rarement, ayant horreur du sang.

Il examinait d'abord le visage de ses visiteurs. Des lèvres pendantes, relâchées, froides et blanches, ne présageaient rien de bon ; un nez effilé, des yeux enfoncés, des oreilles contractées, la peau du front tendue et sèche, le teint de la face livide ou plombé, indiquaient une mort prochaine. La plupart de ces malades venaient le consulter trop tard, après avoir parcouru parfois de très longs chemins, comme dernier recours. Toutefois, il lui arrivait de sauver ces moribonds par les médicaments qu'il avait mis au point du temps où il était médecin à l'hôpital de Lyon.

Sa bonne humeur rassurait. Maussade avec le petit moine, désabusé avec le cardinal, en retrouvant des malades il retrouvait sa faconde. Soutenant que la première vertu d'un médecin est d'être gai, gras et rubicond, il prenait les maladies les plus graves à la plaisanterie, ce qui tranquillisait ses patients et ne l'empêchait pas de leur donner une ordonnance plus sérieuse que celles de la plupart des thérapeutes.

Tout ce qu'il savait de nouveau en médecine, il le tenait des Grecs, principalement de Galien et d'Hippocrate. Par là même, il ignorait l'existence des microbes et croyait que le cancer était une affection causée par un dépôt de mélancolie et que la mélancolie résultait d'une décharge malencontreuse de la rate. D'où son insistance à préconiser la bonne humeur. Et à faire évacuer les humeurs pourries par des purgatifs ou des purges, comme le turbith de Ceylan.

Gilles, infatigable interrogateur, se permettait parfois de s'interposer dans les consultations, s'étonnant du peu d'importance que le médecin attachait aux vers. Car il pensait, comme tout un chacun, qu'ils étaient à l'origine de toutes les maladies : épilepsie, vertiges, délires, convulsions, migraines, syncopes, coliques, fièvres.

— Les vers, répétait-il, pour l'avoir si souvent entendu, ne doivent être ni irrités, ni importunés. En soignant ses vers, on se soigne soi-même. Or, vous donnez à vos malades des potions qui risquent de tuer les vers.

— Si tu avais lu Hippocrate, lui répondait Rabelais, tu saurais que la nature du corps de l'homme se compose de sang, de pituite, de bile jaune et de mucus nasal et intestinal. La bile jaune est sécrétée par le foie et la bile noire par le pancréas. Quand ces quatre liquides se mélangent dans un juste rapport de force et de quantité, il en résulte une bonne santé. Quand un de ces principes est en défaut, en excès ou qu'il s'isole dans le corps, la maladie se déclare. Les vers n'ont rien à voir avec tout cela. La source de la plupart des maladies se trouve bien plutôt dans les deux seules choses que l'homme absorbe naturellement : les aliments et l'air.

Le roman de Rabelais

Rabelais exécrait l'air vicié, la pestilence, mais que pouvait-il entreprendre contre tous ces charniers, ces gibets où se décomposaient des pendus, ces animaux morts que personne n'enfouissait, ces hommes et ces femmes décemment ensevelis, certes, sous les dalles des églises, mais dont l'odeur de pourriture empuantissait les sanctuaires ?

Rabelais savait que l'une des données de la santé tenait à l'hygiène du corps, à l'hygiène de la ville. Mais les corps sentaient mauvais et, dans les villes, le milieu des rues était un cloaque. Il avait maintes fois répété aux Du Bellay que les ordures devraient être transportées loin des lieux habités et enfouies profondément dans le sol, que les puits et les fontaines devraient être protégés des charognes. On ne l'entendait pas. Même ses maîtres et amis, qui l'écoutaient si complaisamment, n'entendaient pas ses conseils de propreté. Rabelais leur assurait que de ces négligences résultait la peste. Ils n'en croyaient rien. Pour eux, comme pour tout le monde, la peste était une épreuve annoncée par les vents australs, les comètes, les étoiles filantes, la profusion des champignons et de la vermine, l'abandon des nids par les oiseaux. C'était une calamité naturelle, comme la guerre, la famine et se laver les mains n'y changerait rien.

Le cardinal Du Bellay, comme tous les prélats, comme tous les seigneurs, se léchait les doigts à table, après avoir déchiqueté les volailles avec ses mains qu'il essuyait dans les plis de sa robe rouge. Pour chasser les mauvaises odeurs, dans sa chambre ou dans les salons, les domestiques répandaient des plantes ou des écorces : romarin, genièvre, peaux d'orange ou de citron.

Rabelais n'avait jamais pu lui faire passer ses mauvaises habitudes. Ni celles-là, ni son indécente manie de soulever sa robe en public pour pisser dans les cheminées, voire dans les coins des salons déjà maculés d'urine. Mais il le mettait au régime. Il croyait beaucoup dans l'efficacité curative des régimes, en prescrivait un pour chaque maladie. Accusant les abus de viande des nobles, il recommandait au cardinal de se contenter d'un léger souper et d'éviter pour le déjeuner le bœuf, au sang trop épais, lui proposant plutôt le mouton et la chèvre. Mais Jean Du Bellay n'aimait que les faisans, les cerfs, les sangliers. Ensuite il s'étonnait de souffrir de la goutte. Se fiant un peu trop à Pline, Rabelais le soignait avec des civets de pattes de levraut.

Les vrais remèdes de Rabelais, ses remèdes considérés comme miraculeux, il les devait moins à ses études de médecine, qu'à l'officine de botanique de l'abbaye de Maillezais. Les moines vivaient vieux qui ne se soignaient qu'avec des herbes.

Il était l'auteur de nombreuses formules de drogues qui ajoutaient à sa célébrité. Comme les ouvrages pédagogiques excluaient les sciences naturelles, ses qualités d'herboriste lui donnaient une allure d'ésotériste. En réalité, la botanique confinée dans les *hortuli* des monastères s'inspirait de la médecine populaire, la médecine sans médecin, moins toxique et plus efficace que la médecine des riches.

Certes, les pauvres mouraient plus nombreux que

les riches, mais c'est que les riches étaient plus rares. Les pauvres mouraient également plus rapidement que les riches, mais c'était moins de maladie que de faim, de peur, de privations, d'efforts surhumains dans les travaux de l'agriculture et de l'artisanat.

François Rabelais apprit à herboriser avec les moines de Maillezais. Il sut ainsi que le pourpier, mangé en salade, affermissait les dents ; que l'écorce d'ormeau cicatrisait les plaies ; que le lichen guérissait les dartres ; que le safran réjouissait le cœur ; que le chanvre avait des vertus curatives ; que la scammonée était un purgatif énergique ; que les emplâtres de lierre éradiquaient les tumeurs ; que la rue et autres plantes carminatives favorisaient l'évacuation des gaz intestinaux. Rabelais, qui avait lu très tôt le *Traité des ventosités* d'Hippocrate, croyait que beaucoup de maladies procédaient de la ventosité. En conséquence, il interdisait à ses malades les légumes producteurs de pets : navets, raves, oignons, fèves.

Les maux d'entrailles étant les plus répandus, Rabelais s'employait à les combattre. Mais il avait beaucoup de mal à faire admettre à la Faculté les propriétés miraculeuses de ses herbes. Les sorcières, aussi, utilisaient des herbes ; et les herbes et les esprits (les mauvais esprits) n'avaient-ils pas souvent partie liée ? Le grand Pythagore lui-même n'enseignait-il pas que l'esprit des morts habitait à l'intérieur des fèves et que les pets et autres flatulences nocturnes étaient dus moins à l'ingestion de ces légumes, qu'à l'esprit des morts qui se vengeaient de leur absorption ?

Le roman de Rabelais

Les esprits avaient bon dos (si l'on peut employer cette image pour des êtres immatériels). Mais nombre de médecins ne se persuadaient-ils pas que le système nerveux servait de tuyaux de conduite, en quelque sorte, pour les esprits qui circulaient à l'intérieur des corps ?

Rabelais se doutait que ces conduits, ainsi que ceux du sang (veines et artères), devaient être régis par un mécanisme dont il ne trouvait pas la clef, et que cette clef ouvrirait à la médecine des domaines insoupçonnés.

Là encore, tout comme avec la *medicina pauperum*, il se frottait dangereusement aux théologiens. Et plus encore peut-être lorsqu'il ambitionna de soigner les fous, dans cet hôpital de Lyon envahi par plus de déments, de vagabonds, de vieillards grabataires, que de malades.

Justement, pour Rabelais, les fous étaient des malades et non des possédés du démon. Mais puisque l'on considérait la folie comme surnaturelle, on la soignait par exorcisme et, si l'exorcisme ne réussissait pas, on brûlait le fou comme sorcier. A l'hôpital de Lyon, Rabelais réussit à calmer des fous enchaînés en leur faisant boire de la tisane de séné. Mais, croyant qu'il domptait les fous par quelques formules magiques, on lui interdit de telles pratiques.

Parmi les visiteurs de Rabelais, dans sa retraite, pas seulement des malades, des éclopés, des mendiants, mais aussi quelques bourgeois qui sollicitaient ses conseils. Ils ne s'adressaient pas au médecin, mais au sage.

Ainsi ce drapier, dont les bas, la tunique et la fraise de dentelle autour du cou, contrastaient tant avec les hardes des autres clients. Il s'inclina devant Rabelais, donna son nom, loua son hôte de posséder autant de beaux et gros livres.

— Quels livres? ironisa Rabelais. Ceux que vous voyez sur ma table? Ce n'est rien. Toute ma bibliothèque est dans ma tête. Possédez-vous quelques livres?

— Posséder des livres! Mais pour quoi faire? Je ne suis pas un savant comme vous et quand aurais-je le temps de lire? Mon commerce et mes comptes occupent tout mon temps.

— Vous êtes en train de le perdre.

— De perdre quoi?

— Votre temps.

Le bourgeois sourit. Il savait que Rabelais, sous son air bougon, aimait plaisanter. Il demanda s'il pouvait s'asseoir, prit un tabouret :

— Voilà ce qui me tracasse. Je n'ose plus manger ni boire. Je crains d'être empoisonné.

— Et vous hésitez entre mourir de faim ou mourir du poison?

— On dit que la licorne...

— ... Possède une corne efficace contre la peste, le spasme, la fièvre quarte, la morsure des chiens enragés et tous les venins. Encore faut-il trouver une licorne et lui subtiliser son appendice nasal.

— Les cornes s'achètent. Mais où ?

— Vous êtes donc bien riche, drapier. Rien d'étonnant à ce que vous ne sachiez pas lire.

— Je sais lire. J'ai même lu votre *Pantagruel*. Mais je m'en suis débarrassé. C'est un livre trop grossier.

— Voyez-vous ça ! Notre roi François, premier du nom, se réjouissait à lire mon *Pantagruel*, le cardinal Du Bellay s'en régale, Clément Marot, le plus grand poète du siècle n'en disait que des louanges et vous le trouvez grossier. C'est un comble !

— Je l'ai sans doute mal compris.

— D'ailleurs, si vous l'aviez vraiment lu vous y auriez trouvé le moyen d'attraper une licorne.

— J'avoue que, sans doute, la fatigue du commerce m'a endormi et que j'ai sauté ce passage.

— Sachez, mon ami, que la licorne ne se laisse pas capturer par l'homme. Si vous voulez partir à la chasse à la licorne, il vous faudra emmener avec vous une jeune fille, évidemment vierge, et l'attacher à un arbre. La licorne, qui est irrésistiblement attirée par le parfum virginal, s'approchera et posera sa tête sur les genoux de la pucelle, s'endormant sous ses caresses. C'est alors que vous devrez vous précipiter et saisir la licorne par sa corne, avant qu'elle ne s'éveille.

— Mais je ne suis qu'un bourgeois. Seuls les seigneurs peuvent pratiquer une chasse aussi aventureuse.

— Nous y voilà. Savez-vous combien notre Saint-Père le pape avait payé la corne de licorne qui, au Vatican, le protégeait contre le poison des cardinaux qui s'impatientaient de sa longévité ?

— Certainement très cher.

— Douze mille pièces d'or. C'est cher, mais le Saint-Père a réussi à se cramponner ainsi à son trône pendant quinze ans. Bien que le poison, à Rome, soit aussi courant dans les gobelets qu'ici le vin clairet.

— Douze mille pièces d'or ! Si je possédais le dixième d'une telle fortune, il y a longtemps que mon gendre, ma femme, mes voisins, mes domestiques se seraient conjurés pour m'empoisonner et se partager le magot.

— Savez-vous que le roi et l'empereur ne boivent que dans des aiguières et des gobelets taillés dans des cornes de licorne ? Savez-vous que les princes les plus fortunés, et par exemple notre voisin le cardinal, ne se déplacent jamais sans emporter sur eux un fragment de corne ? Que le Grand Inquisiteur Torquemada gardait toujours sur lui une corne de licorne ?

— Il me suffirait de quelques raclures...

— Ce serait encore trop cher pour vous. Et trop cher pour moi. Des raclures... Comment peut-on parler de raclures pour une corne aussi noble ?

Le bourgeois, vexé, boudait, le menton enfoncé dans sa fraise. De la déception, il passa au doute, presque à la négation :

— Vous qui savez tant de choses, qui avez voyagé de l'ouest à l'est, vécu à Rome et en Lombardie ; vous qui connaissez le secret des plantes et le secret des mots, dites-moi, avez-vous vu une licorne ?

— Quoi, vous douteriez ?

— Ce n'est pas un article de foi.

— Il m'est arrivé de douter de la licorne et l'on m'a

répliqué qu'il existe des licornes puisque la Sainte Écriture en témoigne. Ne trouve-t-on pas dans le 21ᵉ psaume du dimanche des Rameaux : « *Cornibus unicornium humilitaten meam* » ?

— Je n'entends pas le latin.

— « Protège ma faiblesse devant les cornes des licornes. » Il est vrai que je n'ai jamais vu de licorne, mais je n'ai jamais vu non plus le bon Dieu. Or, vous ne doutez pas de l'existence de Dieu ?

Le bourgeois regarda autour de lui, effaré, comme si l'œil de l'Inquisition risquait de le toiser. Il bredouilla :

— Je crois en Dieu et je crois en la licorne.

— Ne mettez pas la licorne sur le même plan que Notre-Seigneur, s'offusqua Rabelais. Saint Basile n'a-t-il pas dit : « Défie-toi de la licorne, c'est-à-dire du démon » ?

Le bourgeois se signa, de plus en plus effrayé.

— Vous doutez de la licorne, drapier, alors que Job, Isaïe, Aristote, Jules César ont décrit des licornes, que Pline l'Ancien a entendu son mugissement grave, que Ludovico Bartema, de Bologne, admira une licorne dans les sérails de La Mecque. Entre Adam et Ève, au Paradis terrestre, se trouvait une licorne, près de l'Arbre de la Connaissance. Elle n'embarqua pas dans l'arche de Noé, mais survécut néanmoins au Déluge. Savez-vous pourquoi on ne voit jamais de licorne, drapier ? Eh bien, parce qu'une licorne captive meurt de mélancolie. Ne restent que les cornes de ces merveilleuses bêtes et ces cornes prouvent bien leur existence. Que vous faut-il de plus ?

— Seulement un petit morceau de corne, pour éviter le poison.

Gilles était entré dans la pièce, suivi du page de Jean Du Bellay. Le cardinal réclamait son médecin et ami, comme tous les jours à la même heure. Rabelais dit au petit moine :

— Flanque-moi ce bourgeois à la porte. Il m'empoisonne !

Le page conduisit Rabelais dans la cour carrée du château, entourée de bâtiments d'un seul étage. Du Bellay y devisait avec son architecte. Philibert de l'Orme venait moins souvent à Saint-Maur-des-Fossés depuis que Henri II lui avait confié la charge de tous les bâtiments royaux, à l'exception du Louvre. Il expliquait au cardinal les plans du château d'Anet qu'il dessinait pour Diane de Poitiers. A l'arrivée de Rabelais, il s'interrompit et lui donna l'accolade.

Ce Lyonnais, de dix ans plus jeune que Rabelais, avait rencontré ce dernier à l'Hôtel-Dieu du temps où Rabelais y professait l'anatomie. Philibert, féru de grec, de latin et de théologie, s'était lié d'une vive amitié avec le médecin ancien moine. Ce fils d'un maître maçon, passionné par l'antique, trouvait chez Rabelais des affinités à la fois plébéiennes et érudites. Jean Du Bellay l'avait invité à résider à Rome, et le cardinal, le médecin et l'architecte devinrent vite des amis enthousiastes, exaltés par les fouilles qu'ils faisaient en commun.

Philibert s'inspirera du palais Farnèse lorsqu'il construira à Saint-Maur la résidence de Jean Du Bellay. Cette villa italienne, avec des détails classiques, ces pilastres d'ordre corinthien, ces rebords de fenêtres à moins de trois pieds du sol permettant de se pencher au-dehors et de bénéficier de la vue, cette manière inusitée d'introduire la lumière et le soleil au maximum dans le bâtiment, stupéfièrent ceux qui ne connaissaient pas l'Italie, et ceux qui la connaissaient plaçaient ses œuvres d'art si haut qu'ils se réjouissaient de cette adaptation. Le château de Saint-Maur-des-Fossés rendit Philibert de l'Orme célèbre. Henri II et Diane, mécontents, voulurent surpasser Saint-Maur en confiant à Philibert la construction du château d'Anet. Favori du roi et de sa favorite, Philibert de l'Orme n'eut pas l'ingratitude de s'éloigner de ses vieux amis tombés en défaveur. Il accourait à Saint-Maur dès qu'il le pouvait, logeait chez le cardinal.

Ils évitaient de parler du roi et de Diane. Du moins de Henri II, le nouveau roi, car François Ier, lui, réapparaissait perpétuellement dans leur conversation, et Madame Marguerite, sa sœur.

Marguerite de Navarre venait de mourir, deux ans seulement après son frère tant aimé. Comme elle constituait le dernier rempart contre l'intolérance religieuse, sa mort fut une catastrophe pour Rabelais. Et pour Jean Du Bellay qui devait toute sa carrière plus à Marguerite qu'à François Ier. Cette femme érudite, qui avait encouragé les débuts de la Renaissance en France et poussé son royal frère vers l'Italie, qui avait soutenu sans relâche les évangélistes et protégé les réformateurs, demeura anticléricaliste jusqu'à la fin de sa vie. Pieuse, mais enjouée, joyeuse, conteuse d'histoires lestes qui se retrouveront dans son livre le plus lu : *L'Heptaméron,* elle restera pour Rabelais un modèle, un rêve, une chimère ; car il ne la rencontra jamais.

Il ne la rencontra jamais, mais il pensa à elle toute sa vie. Il avait, vis-à-vis de Marguerite, cette passion irraisonnée des troubadours pour la Dame élue et inaccessible. Elle incarnait cette féminité qui sera toujours pour lui une énigme. Il ne se la représentait que sous les traits de la Dame à la licorne. Clément Marot, domestique et ami de Marguerite, auquel il confia sa vision, lui assura que la reine de Navarre ne se séparait en effet jamais de sa licorne blanche et que celle-ci broutait des herbes tendres dans le creux de sa robe.

La Marguerite des marguerites, comme l'appelaient ses admirateurs, n'était pas pour Rabelais une madone comme celles que portraituraient les peintres italiens. Il avait osé demander à Marot si elle sentait mauvais comme les autres femmes, qui puaient des bras, des jambes et du ventre. Marot avait répondu : « Elle a un corps féminin, un cœur d'homme et une tête d'ange. »

Un corps féminin qui avait beaucoup servi ! Épouse à dix-sept ans d'un soudard sans génie, sans culture, dont le principal fait d'armes fut de prendre la fuite lors de la bataille de Pavie, abandonnant le roi son beau-frère, blessé et prisonnier, Marguerite, veuve à trente-trois ans, fut demandée en mariage par Henry VIII. Mais la coterie cléricale et les partisans de l'Espagne, redoutant une telle reine d'Angleterre, dont l'influence eût pu s'étendre sur les deux pays et accroître l'emprise du protestantisme, arrachèrent à François Ier l'exil de sa sœur. La raison d'État l'obligea à épouser en secondes noces le petit roi de Navarre qui n'avait que vingt-quatre ans.

Écartée de la cour, Marguerite n'en conserva pas moins de crédit sur son frère qui ressentait pour elle une passion proche de l'inceste.

Celle que les poètes appelaient « la perle des Valois », était née, croyait Rabelais, pour l'amour céleste. Tantôt philosophe, tantôt mystique, Marguerite n'en fit pas moins plusieurs enfants. Ce mélange de maternité, d'érudition et de spiritualité demeurait pour Rabelais une énigme. Il y avait chez la Dame à la licorne à la fois de l'ogresse et de la sainte. L'emprise de la licorne, peut-être, animal androgyne sublimant la sexualité.

Mystérieuse licorne ! Rabelais éprouvait envers elle un mélange de fascination et de frayeur. Envers la femme aussi. Et dans l'image de la Dame à la licorne, la femme et la bête arrivaient à se confondre.

Donc, Rabelais, Du Bellay et Philibert de l'Orme parlaient de leur regret de Marguerite de Navarre.

Du Bellay et Philibert, qui l'avaient souvent rencontrée, ne s'égaraient pas dans des visions aussi horrifiques. Ils s'interrogeaient plutôt sur la licorne qui leur paraissait (à tort sans doute) plus mystérieuse que la femme. Et sur la propriété antitoxique de sa corne.

Dès que l'on prononçait le nom de Marguerite, Rabelais perdait pied, s'envolait dans des rêves indignes d'un aussi grand philosophe. Jamais il n'imaginait Marguerite sans sa licorne familière.

La bête, blanche comme la neige des Alpes, avec au cou un collier d'or, pliait les deux pattes de devant en s'approchant de la Marguerite des princesses. La bête fabuleuse à la corne frontale unique, qui ne blessait que pour enlever l'impureté de l'être... Et la femme, fée, comme cette Mélusine du Poitou, dont le tendre corps se transformait en monstre à partir du ventre. Ce ventre féminin qui, pour l'ancien moine, demeurait ténébreux, incompréhensible et redoutable, ce ventre qui devenait dans ses livres andouille serpentine.

A Jean Du Bellay et Philibert de l'Orme, qui dissertaient sur les propriétés miraculeuses de la corne de licorne, Rabelais rétorqua :

— Ce n'est pas un contrepoison. J'en ai fait l'expérience sur des animaux.

— Je préfère que l'on continue à tremper un morceau de corne dans la coupe que j'approcherai de mes lèvres, dit Jean Du Bellay. Je ne mets pas en doute votre expérimentation, mais qu'a-t-on trouvé qui puisse remplacer la corne ?

— La corne sue en présence du poison, enchaîna Philibert. Elle ne dissout peut-être pas le poison, mais le signale.

Rabelais se souvint de Geoffroy d'Estissac qui lui avait demandé s'il était sujet au doute. Si l'on ne doute pas, aucune avancée dans la science. Mais plus on avance, plus on doute. Parfois, la soif de connaissance écarte le doute. Jusqu'au jour où il revient, plus virulent, conduisant au scepticisme.

Rabelais avait démystifié tellement de données pseudo-scientifiques qu'il ne savait plus que croire. A chaque fois, il avait scandalisé. Mais pourquoi diable voulait-on que la langue de chat soit venimeuse, qu'il naisse des oiseaux dans le sel des navires, que les souris soient engendrées par le linge sale, que le cerf malade guérisse en mangeant un petit serpent ? Il avait réfuté ces données traditionnelles, et beaucoup d'autres, se faisant sempiternellement de nouveaux ennemis.

Il réfutait que la corne de licorne soit un contrepoison, mais il ne mettait pas en doute l'existence de la licorne. La licorne sculptée depuis des siècles sur les tympans, les écoinçons et les frontons des couvents et des églises ; la licorne dont l'image ornait les armoiries des princes, des villes, des corps de métiers. Douter de la licorne constituait un des nombreux cas d'athéisme. Et l'accusation d'athéisme conduisait directement au bûcher.

Le roman de Rabelais

Philibert de l'Orme confirma à Rabelais que le roi souhaitait lui voir reprendre la plume. Il s'impatientait de ne pas connaître la suite des aventures de Pantagruel qui, depuis le temps, devait bien avoir un fils.

Comme on avait identifié Pantagruel à François Ier, Rabelais comprit l'allusion. Le nouveau roi désirait être loué par l'écrivain qui avait magnifié les prouesses de son père. Le souhait d'un roi est toujours un ordre. Rabelais chercha à gagner du temps, se disant malade, fatigué, que sa tête ne fonctionnait plus très bien.

— Le roi ne vous croira pas, dit Philibert. Pour lui, vous êtes immortel. Et il veut que vous l'immortalisiez. Les monarques ne sont rien si nous ne leur dispensons pas nos talents. Nous dépendons du bon vouloir des rois, mais les rois requièrent nos services car ils savent bien que sans nous ils n'auront pas de postérité.

— Ami Philibert, plusieurs qui sont aujourd'hui empereurs, rois, ducs, princes et papes, descendent de quelques porteurs de rogatons et de hottes de vendangeurs.

— C'est bien pourquoi, répliqua Du Bellay, pincé, ils ont besoin que vous fassiez oublier ce malencontreux cousinage, en les mythifiant par la force de votre talent.

Et il ajouta, plus modestement :

Le roman de Rabelais

— Cela nous aiderait à entrer en grâce.

— Qu'espérez-vous, éminence, s'écria Rabelais, sarcastique. Vous avez manqué votre chance d'être pape. Vous n'irez jamais plus haut que votre chapeau. Vivez en paix dans votre superbe demeure et laissez-moi dans l'oubli de ma masure.

— Qui pourrait vous oublier ? dit Philibert. Gargantua et Pantagruel continuent à parler, même si vous vous taisez, et ce qu'ils disent amuse les uns, épouvante les autres. Les éditions de vos œuvres, qui se multiplient, augmentent vertigineusement votre descendance. Vous n'y pourrez plus rien. Vous ne pourrez pas arrêter la tempête que vous avez déclenchée. Prenez garde qu'elle ne vous terrasse. Le cardinal a raison. Faites comme moi. Faites comme vous avez toujours agi. Mettez-vous sous la protection du roi.

— On croit que l'on vous protège et l'on vous étouffe.

— Ne soyez pas ingrat, dit le cardinal. Sans vos protecteurs, vous auriez été étouffé depuis longtemps dans la fumée d'un brasier. Vous renâclez parce que vous vous forcez au silence. Ne plus écrire, pour vous, c'est ne plus vivre. Réveillez-vous ! Si la dévotion vous taquine, assumez votre fonction de curé de Meudon. Vous avez la jouissance de deux presbytères et n'en occupez aucun. Préférez-vous reprendre votre vie monastique ? L'abbaye de Saint-Maur, dépend, comme vous le savez, de mon évêché. Vous pourriez y être chanoine...

— Je voudrais n'être rien... Disparaître...

— Vous ne serez jamais rien, François, dit Philibert. Même la mort n'enlèvera pas la force de votre présence. Vous ne disparaîtrez pas. Si l'on vous avait brûlé, comme vous n'avez cessé de le craindre, votre esprit n'aurait pas été réduit en cendres.

— Vous avez déjà gagné votre éternité, ajouta le cardinal. Le roi le sait bien. Il ne réclame qu'une petite place dans votre grand œuvre. Vous ne pouvez lui refuser cette offrande sans l'offenser.

Rabelais s'inclina devant le cardinal, serra Philibert de l'Orme dans ses bras et rejoignit le petit moine qui l'attendait à la grille du parc, enveloppé dans sa cape noire et coiffé d'un bonnet qui cachait sa tonsure.

4.

— Maître, demanda Gilles, vous qui avez rencontré le pape, le roi, toutes les puissances de l'univers, vous êtes-vous trouvé un jour en présence du diable ?

— Le diable a cela de commun avec toi qu'il sent mauvais, plaisanta Rabelais. Et combien de pauvres diables ont revêtu le froc ! Qui me prouve que tu n'es pas un démon envoyé par Lucifer pour me tourmenter ?

— On m'a dit que vous discutiez un jour avec le diable et, comme vous n'arriviez pas à lui faire entendre raison, vous lui avez jeté votre encrier à la figure.

— C'est vrai, mais celui-là raisonnait seulement de travers. Le démon, le démon incarné, oui, je l'ai rencontré et toute l'encre d'une amphore ne l'aurait pas noyé. Je peux bien te l'avouer, Gilles, quand j'étais un jeune moine, comme toi, le diable ne m'inquiétait guère. Je savais l'univers peuplé de démons et d'esprits, qui logeaient dans les latrines, s'insinuaient dans les maisons sous la forme d'incubes, de larves, de lémures, de pénates, de succubes, et qu'il était facile de les mettre en fuite puisqu'ils craignaient la lumière du jour ou l'éclat d'un flambeau. Les diables, le peuple finissait par en rire. Ils devenaient des épouvantails. Si bien qu'il n'y avait pas de fête, en Poitou, où n'apparaissaient de braves gens déguisés en diables, caparaçonnés de peaux de loup, de veau, de bélier; coiffés de tête de mouton ou de cornes de bœuf; des cymbales de vache et des sonnettes de mulet attachées aux pieds. On s'amusait du diable... Heureux temps!

» Lorsque j'ai quitté le couvent de Maillezais pour venir faire mes études de bachelier à Paris, je n'ai pu m'inscrire qu'au collège de Montaigu, le plus pouilleux, au fond d'une venelle si répugnante que les Parisiens l'appelaient la rue aux chiens. Les chiens c'étaient nous, les écoliers, écoutant nos leçons vautrés sur des litières de paille, plus souvent battus à coups de verge que complimentés. Le maître du collège de Montaigu était Noël Beda, grand fournisseur de bûchers, l'horrible Beda, lui aussi réincarnation de Lucifer. Mais je ne parle pas de celui-là. Beda, qu'Érasme n'appelait que Bêta, je ne l'ai jamais approché. Il se plaçait trop haut, plus haut que mes Du Bellay, bien sûr. Je me suis contenté de le craindre, de l'éviter et de le maudire.

» Venons-en au diable en chair et en os. C'était plutôt un diable tout en os, un squelette vêtu de haillons, le visage exsangue, avec une longue barbe. Il arrivait d'Espagne à pied, après un mois de route, derrière un petit âne qui portait ses livres et un mince bagage. Il boitait. Comme j'étais le premier écolier qu'il croisait dans la rue aux chiens, il me demanda je ne sais plus quoi dans un mauvais latin mâtiné d'espagnol. Et, dès cet instant-là, je fus frappé d'une terreur qui ne m'a jamais quitté. Ces yeux charbonneux, ce regard terrible, cette boiterie, j'eus immédiatement la certitude de me trouver en présence du diable.

— Et qu'est-il devenu, maître ?

— Il s'est insinué au sein de l'Église, bien sûr. Il a réussi jusqu'à convaincre le pape. Et où l'on reconnaît bien les manœuvres du Malin, c'est qu'il est devenu humaniste pour mieux combattre les humanistes, évangéliste pour mieux combattre les protestants. Je ne plaisante pas, Gilles ; avant de l'avoir rencontré je ne croyais au diable qu'à demi ; dès que j'ai vu Ignacio de Loyola j'ai su que le diable existait pour de vrai.

— Vous parlez du supérieur général des jésuites ?

— De qui d'autre veux-tu que je parle ?

Puisque Rabelais consacrait ses matinées à recevoir ses malades et que, l'après-midi, il se rendait près du cardinal, Gilles ne pouvait interroger son maître que durant les soirées. Et seulement lorsque ce dernier n'ouvrait pas ses livres. La plupart du temps, Rabelais chassait le petit moine, voulant être seul. Sauf certains soirs où, en veine de confidences, il le retenait.

Comme cette fois où le cardinal l'avait harcelé pour qu'il accepte de se remettre au service du roi :

— J'ai beaucoup aimé mon roi, Gilles, et je crois

l'avoir bien servi. Mais peut-on aimer plusieurs rois ? Le cardinal, toujours demeuré fidèle à Madame de Châtillon, dit que l'on ne peut aimer qu'une seule femme. Je n'ai pas son expérience, bien que, s'il s'agit d'amour, je n'aie aimé aussi qu'une seule femme, une femme que je n'ai jamais touchée, la Dame à la licorne.

» J'aurais voulu que François, premier du nom, fût aussi philosophe que Madame sa sœur. Platon n'a-t-il pas écrit que les républiques deviendront heureuses quand les rois philosopheront ou que les philosophes régneront ? Le roi aimait lire. Il aimait tellement la langue française qu'il en oublia d'apprendre le latin. Mais c'est parce qu'il aimait la langue française qu'il aimait Villon, Marot et ma prose. Il a sauvé vingt fois Marot du bûcher et, quant à moi, n'a-t-il pas dit à l'horrible Beda qui rêvait de m'occire : « Vous n'y toucherez pas » ? Toujours sa clémence s'est opposée à l'acharnement de ses subordonnés. N'a-t-il pas fait gracier Étienne Dolet deux fois, employant en sa faveur une expression ordinairement réservée à de hauts personnages : « Notre bien-aimé Étienne Dolet » ? On a profité d'une absence du roi à Paris pour brûler à la fois Dolet et ses livres. On a monté une provocation pour que le roi, favorable aux évangélistes, devienne leur persécuteur.

— Parlez-vous de l'affaire des Placards ? murmura Gilles, comme si, évoquer ce douloureux événement risquait encore de faire surgir le guet.

— La Sorbonne perdait son crédit. Beda, qui avait accusé Marguerite d'hérésie, avait été obligé par le roi à prononcer en public son autocritique. La raison triomphait du dogme. Les Évangiles triomphaient de la théologie. Et la catastrophe se produisit, imprévisible. Qui, dans la nuit du 17 au 18 octobre de cette sinistre année 1534, où je publiais la première version de mon *Gargantua,* afficha dans toutes les villes de France et jusque sur la porte de la chambre du roi, à Amboise, des placards injurieux pour le sacrifice de la messe et accusant les catholiques d'être idolâtres? Le roi prit peur. Remettre en question l'autorité de l'Église n'était-ce pas à terme remettre en question le pouvoir royal? Il abandonna ceux qu'il protégeait. Les Du Bellay, impuissants à arrêter sa colère, cherchèrent néanmoins à l'amortir. Beda était allé jusqu'à faire interdire l'imprimerie. Messieurs Du Bellay firent rapporter cet édit. Comme les protestants montaient sur les bûchers en chantant les psaumes de Marot, le pauvre Clément dut fuir à Ferrare. Mon *Gargantua* était bien sûr condamné par la Sorbonne. Mon premier livre. Ça commençait bien.

— Et l'on ne vous a pas maltraité?

— Si l'on m'accusait d'avoir volé les tours de Notre-Dame, je commencerais par fuir à l'étranger. Je n'ai pas attendu d'être accusé. Je me suis réfugié à Maillezais, auprès de mon cher abbé; Maillezais que je n'aurais jamais dû quitter.

» Et pendant que je retrouvais dans l'abbaye la paix du cœur, durant six mois on écartela, pendit, brûla. Comme de brûler vif, sans étrangler au préalable, ne suffisait plus, on suspendait les excommuniés à des chaînes de fer, au-dessus du bûcher, afin d'empêcher les corps de s'affaisser et de disparaître dans le feu, prolongeant ainsi le supplice. Je me suis longtemps demandé pourquoi les hommes étaient aussi cruels. J'en suis venu à penser qu'ils ont peur de la mort, qu'ils détestent l'idée de leur propre mort inéluctable et qu'ils se vengent en condamnant leurs semblables à une mort prématurée. Voir mourir les autres, le plus vite possible, le plus effroyablement possible, pour être certain de n'être pas seul à mourir. Pour mourir après. Pour gagner ainsi quelques mois à la mort. Pendant qu'elle s'occupe des autres, peut-être nous oubliera-t-elle ? Folie ! Mais ce monde est en proie à la folie. Et mon cardinal voudrait que je réintègre le monde...

» Mon cardinal m'a entraîné déjà dans tant de complots. S'il était espion du roi, j'étais espion du cardinal. Le poignard qui le cherchait, lorsqu'il fricotait avec les Turcs, l'a souvent manqué, mais il m'a souvent éraflé. Lui et ses frères, tout comme Madame Marguerite, se trouvaient trop haut placés dans l'échelle sociale pour que Beda et ses sbires puissent les atteindre. Alors on s'en prenait à leurs domestiques, à Clément Marot ou à moi. Que de fois avons-nous dû fuir, déjouer les cabales, les intrigues, les machinations.

» Tu n'as pas idée de la renommée de Marot, que l'on commence déjà à oublier. Aussi ses ennemis étaient-ils plus nombreux que les miens. La Sorbonne, les moines, le Parlement, la police, les magistrats, tous les corps constitués se liguaient pour l'anéantir. Tous les prétextes étaient bons. Ne l'a-t-on pas emprisonné au Châtelet en l'accusant d'avoir mangé du lard en carême ! Toujours lors d'une absence du roi, si souvent hors de Paris. Mais sans la Dame à la licorne, qui le fit passer à Ferrare, lors de l'affaire des Placards, il était cuit.

» Oui, j'ai beaucoup aimé mon roi, qui m'aimait bien. Je l'ai servi comme je l'ai pu, par l'intermédiaire des Du Bellay. Il ne se déplaçait jamais sans emporter une édition de mon *Pantagruel*. Il ne se couchait jamais sans qu'on lui en lise quelques pages. Malgré cela je savais bien que tout tenait dans la solidité des liens entre les Du Bellay et le roi. Sans mes protecteurs, qui toujours s'interposaient lorsque mon nom apparaissait dans les papiers des gens de justice, le roi m'aurait quand même abandonné comme il abandonna Marot lors de l'affaire des Placards. Marot qui l'avait accompagné en Italie et avait été blessé, comme lui, à la bataille de Pavie ; Marot qui l'avait accompagné au Camp du Drap d'or ; Marot dont, chaque matin, il chantait les psaumes sur l'air de « Que ne me requinquez-vous, la vieille. »

— Marot ouvrait la journée du roi et Rabelais la refermait, s'écria Gilles, émerveillé.

— Je n'oserais pas m'en vanter devant un autre que toi. Ni dire à personne que ce roi si bon, si passionné pour les lettres et les arts, si chrétien, si puissant qu'il faisait trembler l'Europe, restait indécis devant les factions. Il disait oui aux Du Bellay, puis oui à Beda. Il s'emberlificotait dans ses contradictions, ne voyait plus comment s'en sortir, se contredisait et, finalement, laissait aller.

» Sais-tu ce que furent les vaudois ?

— Des hérétiques...

— Et tu as revêtu la bure de François d'Assise ! Un jour tu connaîtras la destinée de Valdo, le fondateur de « l'hérésie » vaudoise, comme tu dis. Et tu t'apercevras qu'entre lui et François d'Assise il n'existe aucune différence. J'étais alors au service de Guillaume Du Bellay, gouverneur du Piémont, quand François, premier du nom, lui demanda d'enquêter au sujet de l'hérésie vaudoise. Je n'eus aucun mal à démontrer au seigneur Guillaume que les vaudois vivaient au plus près des préceptes évangéliques. Le seigneur Guillaume me demanda de dicter le rapport qu'il enverrait au roi. Je m'exécutai en toute franchise et le seigneur Guillaume m'approuva, signa le rapport. Je me souviens encore que je disais (enfin, que le seigneur Guillaume disait :)

» " Les vaudois, gens honnêtes et pacifiques, par un travail infatigable ont rendu les terres du Luberon fertiles en blé et propres à nourrir les troupeaux. Ils souffrent avec patience, détestent les querelles et les procès, sont doux à l'égard des pauvres, payent avec beaucoup d'exactitude le tribut au roi et les droits à leurs seigneurs. Leurs prières perpétuelles et leurs mœurs montrent qu'ils honorent Dieu sincèrement. "

» Oui, Gilles, j'ai vécu quelques mois avec les vaudois avant de faire mon rapport et jamais auparavant, ni depuis, je n'eus le bonheur de rencontrer des chrétiens aussi parfaits.

» Le roi accorda son amnistie aux vaudois. Pendant quatre ans ils obtinrent un sursis de paix. Jusqu'à ce que meure le seigneur Du Bellay et que Jean Meynier, baron d'Oppède, premier président au Parlement d'Aix, entre en scène et arrache au roi la révocation de l'amnistie. Toujours cette indécision chez notre monarque, cette faiblesse depuis que les suppôts du pape avaient enlevé de la Cour Madame Marguerite qui, elle, ne changeait jamais d'avis. Ma Dame à la licorne était le pivot du royaume. En son absence, son frère le roi flottait. Il laissait aller les choses et les choses, en pays vaudois, c'était le massacre d'une population innocente. Les villages incendiés, les femmes violées dans les églises et jetées dans les brasiers, les filles que l'on met nues, que l'on oblige à danser autour des châteaux en les fouettant, puis que l'on jette du haut des rochers. Toujours, cette fureur contre le sexe, contre le ventre des femmes, contre la virginité, comme si le lieu de la conception et de la maternité devait être souillé, par on ne sait quel désir de vengeance obscure, par une sorte de détestation sans doute d'être né, d'être sorti ruisselant de sang et de glaire du vagin des femmes. Les hommes s'étaient réfugiés dans les cavernes des montagnes. On ferma les embouchures avec des fagots enflammés et on les enfuma. Les prisonniers étaient vendus un écu pièce aux galères. Bonne affaire pour les soldats et aussi pour les seigneurs du cru qui s'appropriaient, en récompense de leur massacre, les biens des suppliciés. Deux mille morts, sept cents forçats, huit cents maisons calcinées... Le roi avait laissé faire le baron d'Oppède, comme il avait laissé faire Beda dans l'affaire des Placards. Ce n'était pas lui l'Inquisiteur. Il s'en lavait les mains, ce Pilate. L'année suivante, Étienne Dolet était brûlé et je fuyais à Metz.

» Le cardinal ne comprend pas que j'en ai assez d'être domestique, que j'en ai assez de courir d'un lieu à l'autre, de sentir perpétuellement le roussi. Le nouveau roi demande mes services et qu'en fera-t-il ? Ce que bon lui semblera. Ce que bon semblera à Diane et aux Guises. Il requiert aujourd'hui le cardinal, il le rejettera demain. Le temps des Du Bellay est fini et, par là même, le mien aussi.

Rabelais resta longtemps silencieux. Le petit moine n'osait le tirer de ses songes. Puis il s'enhardit :

— Ne croyez-vous pas que le diable est le maître de l'univers ?

— Que fais-tu du bon Dieu ?

— Que fait le bon Dieu ?

5.

Jean Du Bellay était souvent agité. Ce prélat passionné, qui n'avait guère du dignitaire religieux que la robe et la barrette, cet habile manœuvrier politique dont les vues audacieuses ne manquaient jamais de perspicacité et de lucidité quant à l'avenir du royaume et de la chrétienté, reçut ce jour-là son médecin avec une particulière nervosité. Si bien que Rabelais s'en émut et lui conseilla de prendre du repos dans ses appartements.

— Du repos, s'exclama le cardinal, agacé, il est bien question de repos ! Et vous qui vouliez vous retirer, disparaître, vous voilà de nouveau remis en scène. A la Cour, on ne parle plus que de vous, de vos vices, oui, de vos vices. On raconte que vous êtes plus ignoble encore par vos actes que par vos discours, que vous ne craignez pas Dieu et n'avez aucun respect pour les hommes, que l'on devrait vous envoyer à Genève où vous feriez le bouffon pour Calvin...

Étonné de voir Du Bellay aussi colérique, et cherchant à deviner ce que pouvaient bien cacher un tel emportement et des accusations aussi délirantes, Rabelais se taisait. Immobile, comme pétrifié, devant le cardinal qui marchait de long en large, faisant virevolter sa robe rouge, il attendait que ce dernier se calme et s'explique.

Du Bellay saisit nerveusement, sur une console, une liasse de papiers dont la guenon s'empara. Il la lui arracha des mains, revint se planter devant Rabelais et lut :

« Faiseur de bons mots, vivant de sa langue, parasite, on le supporterait à la rigueur ; mais qu'il se damne en même temps ; que chaque jour il se saoule et s'empiffre ; qu'il ait des mœurs grecques... »

Le cardinal s'arrêta :

— Je ne savais pas que vous aviez des mœurs grecques ?

— Parce que c'est de moi qu'il s'agit, éminence ?

— De vous, oui, bien sûr. Ou plutôt de Gargantua. Ce n'est pas la première fois qu'un imbécile confond un auteur et le personnage qu'il invente. Écoutez la suite :

« ... qu'il flaire les odeurs de toutes les cuisines, imite le singe à la longue queue et, souillant par surcroît son papier d'infamies, vomisse un poison qui infecte peu à peu toutes les contrées ; qu'il lance la calomnie et l'injure sur tous les ordres indistinctement ; qu'il attaque les honnêtes gens et les pieuses études et les droits de l'honneur ; qu'il se gausse sans vergogne, ni ombre d'honnêteté — on le supporte ? Fait inouï, un évêque de notre religion, le premier par le rang et par la science, protège, nourrit, admet à la familiarité de sa table et de sa conversation un tel vivant défi aux bonnes mœurs et à l'honnêteté publique ; que dis-je l'homme impur et pourri qui possède tant de bagout et si peu de raison... »

Le cardinal reposa la liasse de papiers sur la console.

— Vous imaginez les railleries des Guises et de Diane. En vous attaquant, c'est évidemment moi que l'on vise. Ce libelle ne vous accuse-t-il pas d'impiété, de calvinisme... Je les voyais tous ricaner...

— Connaît-on l'auteur de ce...

— C'est un de vos anciens collègues, mon cher, un moine de Fontevrault, frère Gabriel de Puy-Herbault, inconnu jusqu'à ce jour, mais tout de suite devenu célèbre.

L'incompréhension, oui, l'incompréhension totale sur le sens de son œuvre, sur la raison de son vocabulaire, sur la signification de ses outrances, le frappait une fois de plus. Il eût abandonné depuis longtemps l'écriture, comme il y était bien résolu désormais, s'il n'avait pas été persuadé d'ouvrir avec elle de larges portes à la fois à la langue française et au dépoussiérage de la théologie médiévale ; si des esprits éclairés ne l'avaient pas soutenu, encouragé, complimenté, et les plus illustres de son temps : Érasme, Budé, Marot, les Du Bellay. Eux l'avaient compris.

Ce qu'on lui reprochait surtout, à lui qui connaissait si bien le grec et le latin, c'était d'écrire en langue vulgaire et de publier ses livres chez des éditeurs de calembredaines populaires. Il avait évidemment commencé par composer des textes en latin, comme tous les lettrés. Comme Érasme. Mais dans le petit monde clos des latinisants, il ressentit rapidement une impression d'étouffement. Ces gens de lettres besogneux et irritables, si peu lus, sinon entre eux et qui s'épiaient, s'insultaient, se décernaient les louanges les plus outrées, s'embrassaient, se cajolaient, puis s'accusaient de vols, de plagiats, se traitaient de sodomites, d'assassins, d'athées, en appelaient à la justice, ces perpétuels mendiants de pensions misérables auprès des seigneurs, prêts à toutes les compromissions, Rabelais en eut vite assez et les abandonna en allant à l'extrême, c'est-à-dire à la confection d'almanachs, de brochures de colporteurs. Ils donnèrent au traître le nom de Rabellus-le-rabique. Et le traître les tourna en ridicule, mit les rieurs de son côté.

Découverte radieuse ! En mettant les rieurs de son côté, on tenait le bon bout. Jusqu'à trente-huit ans, Rabelais resta sérieux, non pas comme un pape, car les papes ne l'étaient guère, mais comme un parfait humaniste dévoré par la fièvre encyclopédique du savoir. A la veille de la quarantaine, ce savant fit le pitre. Et il s'aperçut qu'il n'y avait pas de meilleur rôle auprès des puissants que celui de fou. Il sera le fou des Du Bellay et entrera même en concurrence avec Triboulet pour être le bouffon du roi.

Toutes les misères du corps qu'il diagnostiquait comme médecin, toutes les bêtises des théologiens et des universitaires, toutes les âneries des poètes qui écrivaient dans un latin devenu sabir ecclésiastique,

Le roman de Rabelais

toutes les horreurs des persécutions contre les protestants, les supplices horribles, les bûchers sans cesse allumés, le conduisirent à cette conclusion : lorsqu'il n'y a plus de larmes pour pleurer, reste le rire. Le rire protège de la peur.

Après avoir découvert la vertu désaliénante du rire, Rabelais découvrit une mine d'or : le vocabulaire. Non pas le vocabulaire des érudits, ou plutôt pas seulement celui-là car il s'en servira aussi, mais tout le vocabulaire, tous les vocabulaires, des corps de métiers, des provinces, des dialectes et des patois, du vieux langage et des mots nouveaux que l'on pouvait inventer. Le vocabulaire permettait de déconsidérer les ennemis de l'humanité en ridiculisant le langage des maîtres. Si le verbe des maîtres est mensonger, on stigmatisera leurs sophismes. On inventera même d'autres sophismes, plus énormes, qu'on leur fera proférer pour mieux les ridiculiser. On fera le pitre jusqu'à démontrer que les maîtres du monde ne sont, eux aussi, que des pitres.

Rabelais, médecin mal payé, pensera d'abord gagner facilement de l'argent en imitant *Les Grandes et Inestimables Chroniques du Grand et Énorme Géant Gargantua* qui venaient de paraître et dont il se vendit plus d'exemplaires en deux mois que de bibles. Mais en cours de route il sera emporté par une tout autre aventure, la sienne. L'histoire de Gargantua deviendra autobiographique. Il glissera dans la bouffonnerie la somme gigantesque de ses connaissances, engendrant une sorte d'encyclopédie romanesque.

A la différence des autres humanistes qui voulaient

redonner à un latin dénaturé la clarté de Cicéron, Rabelais poussait le latin dans le parler vulgaire. L'orateur franciscain émérite de Fontenay-le-Comte se souvenait de ses succès de moine prêcheur. Sa prose sera une prose d'orateur, conçue pour être lue à haute voix, comme le faisait Jean Du Bellay à François Ier qui s'en réjouissait, en ayant l'intelligence de ne pas s'offusquer d'être caricaturé sous les traits de Pantagruel.

Et c'est encore la morale franciscaine qui constituait la substantifique moelle de ses écrits, c'est-à-dire le souffle égalitaire, les plaisanteries sur l'eau bénite, les indulgences qui ne doivent pas s'acheter, même à un prix de solde, les pèlerinages, toutes les superstitions. Dieu seul suffit au chrétien ? Phrase redoutable. Que l'on retrouve chez Marot. Que l'on retrouve chez Calvin. Phrase redoutable conduisant droit au bûcher. Sauf si l'on a l'habileté de faire des pirouettes, de blaguer, de proclamer que tout cela n'est pas sérieux, qu'il ne s'agit que de batifolages.

Tout le monde n'est pas dupe. Ni Beda qui aurait bien aimé rôtir l'ancien moine. Ni le bénédictin de Fontevrault. Mais le bénédictin de Fontevrault confondait le peintre et son modèle.

Disons-le carrément, Rabelais n'était pas un saint et son propos n'était pas de le devenir. Mais il ne pratiquait aucunement les dérèglements que lui prêtait le moine inquisiteur. Il est possible, il est probable, que dans son couvent frère Gabriel de Puy-Herbault découvrit les « mœurs grecques ». Si Rabelais pécha contre son vœu de chasteté ce ne fut pas de ce côté-là puisque, de son commerce avec une dame, résulta un enfant que le pape légalisa, du temps de sa gloire au Vatican.

S'il aimait le bon vin, Rabelais n'en usait que modérément et il était loin de s'empiffrer de nourriture, vivant plutôt frugalement, moins par vertu qu'en raison des maux de tête que lui donnait une mauvaise digestion et qui l'empêchaient de penser. Rabelais n'était pas rabelaisien. Le monde qui l'entourait, oui.

— Ce n'est pas ma faute si mes personnages s'encanaillent, dit Rabelais au cardinal. Mes grossièretés ont eu le mérite de flatter le goût de la Cour et m'ont permis de faire passer le reste.

» D'ailleurs ai-je jamais dissimulé mes intentions ? Souvenez-vous de mon prologue à *Gargantua* : « Il convient que vous soyez sagaces pour flairer, sentir et estimer ces beaux livres de hautes graisses, légers à la poursuite et hardis à la rencontre ; puis par curieuse leçon et méditation fréquente, rompre l'os et sucer la substantifique moelle, avec l'espoir certain d'être fait habile et preux à ladite lecture ; car bien d'autre goût trouverez et doctrine plus absconse, laquelle vous révélera de très hauts sacrements et mystères horrifiques, tant en ce qui concerne notre religion qu'aussi l'état politique et la vie économique... »

— Nous savons tout cela, coupa sèchement le cardinal. Croyez-vous que je me serais encombré d'un conteur de romans de chevalerie parodique ? Vous avez su habilement, dans vos joyeusetés, magnifier la monarchie française et vouer aux gémonies l'ennemi du monarque, ce maudit Charles Quint que vous ridiculisez sous le nom de Picrochole. Vous nous avez bien servi.

Rabelais ne broncha pas. Il était d'usage d'écrire ses livres à la gloire de son protecteur et mécène. Et lorsqu'un plus puissant que lui protégeait le protecteur, ce plus puissant devenait l'ultime dédicataire. Donc le médecin Rabelais, protégé par les Du Bellay, se devait d'écrire ses livres à la gloire du protecteur des Du Bellay, en l'occurrence le roi François, premier du nom. En saluant le roi, Rabelais faisait surtout révérence à sa sœur, la Dame à la licorne, providence des évangélistes. C'est à elle qu'il envoyait des messages. Et elle les recevait avec reconnaissance.

Il servait le roi, mais il servait surtout les humanistes, les esprits libres. Toutefois, tout écrivain étant l'otage de factions rivales, il demeurait l'otage des Du Bellay.

Ce que le cardinal lui rappelait avec une certaine arrogance :

— Contre le moine de Fontevrault, derrière lequel se cachent nos plus puissants ennemis, ce moine qui nous montre du doigt, qui nous désigne aux Inquisiteurs, nous n'avons qu'un seul protecteur : le roi. Si Henri le second, notre nouveau roi, nous lâche, nous sommes perdus. Comprenez enfin que vous ne pouvez éviter de répondre à son désir de vous voir reprendre la plume. Et s'il veut de vous comme écrivain, c'est pour servir sa politique, comme vous avez servi celle de son père.

— Je suis trop las, éminence. Je n'ai que trop servi.

Je suis usé, comme la lame d'un vieux couteau ; trop vieux couteau. Il ne reste plus que le manche, lui-même bien rogné.

— Le moine de Fontevrault fulmine contre vous, contre nous, au moment même où le pape menace d'excommunier notre roi. Et pourquoi ce courroux du pape contre la France ? Parce que le roi est excédé d'assister à la ruine de notre pays, saigné par les ponctions monétaires du Saint-Siège. C'est une croisade financière que le successeur de saint Pierre engage contre nous. Et puisque le roi m'accepte de nouveau comme conseiller, qu'il souscrit à mes positions gallicanes, auxquelles vous avez toujours adhéré, puisque nous reprenons le vieux rêve italien des Valois, vous devez nous suivre, voire nous éclairer. Vous ne pouvez rester en dehors. Le moine de Fontevrault vous le rappelle. Les papimanes vous ont à l'œil, à l'heure où le roi s'engage contre Rome.

Rabelais s'était assis sur un coffre, consterné. Le cardinal avait donc réussi à regagner les faveurs du roi. Il le connaissait si bien, et depuis si longtemps, qu'il ne douta pas que ce nouveau conflit entre le roi de France et la papauté résultât plus des intrigues du cardinal que du vœu de Henri II. Sur quels alliés Jean Du Bellay misait-il ? Henry VIII était mort la même année que François Ier. Quelle ligue pouvait aujourd'hui briser la tyrannie du Saint-Siège ?

Du Bellay parlait, parlait, si emporté dans son discours que celui-ci devenait une sorte de sermon :

— Budé que vous aimiez tant, et qui eut pour vous grande estime, condamnait ces papes qui, au lieu de suivre l'exemple pacifique de Pierre et de Paul, défendent l'Église par les armes. La tiare, trop lourde pour leur faible tête, ils l'ont coiffée d'un casque.

» Du temps où la pauvreté et le martyre représentaient le plus clair des avantages de la papauté, celle-ci était peu courue. Du règne de Pierre à celui de Sylvestre, on compte une trentaine de pontifes, tous suppliciés. Aujourd'hui puissante et richissime, la papauté est le foyer de toutes les intrigues. On devient pape par séduction, par simonie, par le poignard et par le poison. Pour l'élection d'Alexandre VI, deux cents personnes furent assassinées en quinze jours. Rodrigo Borgia réussit ainsi à acheter toutes les voix du Sacré Collège. Quant à Jean de Médicis, qui aimait tant les contes obscènes et lubriques, les cardinaux avaient cru élire un pontife rieur et pacifique ; jusqu'au jour où, en riant, il étrangla l'un d'eux et, le lendemain, pour se faire pardonner, nomma trente et un nouveaux cardinaux, en vendant au préalable les trente et un chapeaux au prix fort.

Rabelais ne réagissait pas. Il connaissait toutes ces horreurs. Il se souvenait que le moine Luther, en voyage à Rome, découvrant l'indignité du Saint-Siège, s'était rebellé et, de retour en Allemagne, avait, en jetant son froc, déclaré la déchéance de la papauté. Il se souvenait que Machiavel écrivit : « C'est à cause de l'Église et des prêtres que nous, Italiens, sommes devenus irréligieux et dépravés. » Il se souvenait que le moine Savonarole, qui appelait les concubines des cardinaux « les vaches de Samarie », s'était, vingt ans avant Luther, dressé contre les abominations de la curie dans un furieux anathème qui l'avait mené droit au bûcher.

Rabelais se répétait souvent la malédiction de Savonarole à voix basse, très basse : « Je couperai, dit le Seigneur, les cornes des autels, c'est-à-dire les tiares, les mitres et les barrettes, je retrancherai les têtes. Tous ces beaux palais, je les jetterai dans la poussière. » Pour ceux qui savaient lire entre les lignes, qui savaient enlever la graisse des phrases de Rabelais et les curer jusqu'à l'os, on retrouvait la même violence et une indignation semblable à celle de Savonarole et de Luther.

Il se souvenait que Jean Du Bellay avait forcé la main au pape, forcé la main au roi, pour obtenir son chapeau de cardinal. Mais nul n'est parfait. Et, après tout, son chapeau obtenu, il n'avait jamais renié l'humanisme, ni l'évangélisme.

— Je ne vous reconnais pas, dit le cardinal. Vous demeurez prostré, vous si pétulant, si débordant de vie, d'enthousiasme, de foi...

Rabelais, confus, se leva, s'excusa :

— La vieillesse, éminence. Elle m'est tombée dessus sans crier gare. J'en suis encore tout étourdi.

— Que me parlez-vous de vieillesse. Nous avons le même âge !

— Le même âge aussi que notre bon roi François, mort et enterré. Vous direz que je radote, mais c'est un signe de plus de mon vieillissement, je ne peux m'empêcher de penser que la mort de notre roi va de pair avec notre propre mort. Nous ne faisons que survivre. Le temps présent ne nous aime pas. Enfin pardonnez-moi, éminence, mon sort a tellement été lié à vos bontés que je dis nous, alors qu'il ne s'agit que de moi. Je vois bien que vous enfourchez de nouveau votre beau cheval, comme en ce jour lointain où vous avez quitté le couvent de la Baumette, si auréolé déjà de votre future gloire. Vous m'avez laissé à ma misère. De nouveau, abandonnez-moi.

Le cardinal, dans un geste de colère, serra contre son corps maigre son ample robe écarlate et, sans saluer Rabelais, emmenant sa guenon en la tenant par la main, comme un enfant, il s'en fut à pas rapides vers ses appartements.

6.

Pendant toute une semaine, le cardinal et le moine-médecin se boudèrent. Aucun page ne fit la navette entre le château et la masure. Rabelais ressentait une impression complexe de délivrance et d'abandon. Tellement habitué à vivre dans la dépendance d'un maître, sa liberté le déroutait. Il avait supplié le cardinal de l'abandonner. Et si Jean Du Bellay l'abandonnait vraiment, que deviendrait-il? Ne dépendait-il pas entièrement du cardinal qui pouvait lui enlever, du jour au lendemain, le profit de ses cures? Devrait-il se remettre à confectionner des almanachs, des calendriers astrologiques? Bien qu'il fût, après Marot, l'auteur le plus lu du royaume, ses livres, une fois vendus aux imprimeurs, ne lui rapportaient aucun profit. Ils devenaient propriété publique et c'était justice ainsi. Seulement, comment subsister sans riche protecteur? Rabelais désirait se retirer du monde pour se préparer à la mort, mais la mort ne semblait pas vouloir de lui. Sa robuste constitution, qui lui épargna tant de maladies, toutes ces maladies qu'il soignait chez les autres, n'annonçait aucunement un déclin physique. Sa fatigue était d'ordre mental. Il luttait depuis trop longtemps et contre trop d'ennemis qui pullulaient dans le royaume, dans l'Église, comme de la vermine. Et puis tant de trépassés l'appelaient de l'autre côté de la vie : le roi François et sa sœur Marguerite, la Dame à la licorne ; Guillaume Du Bellay qu'il n'avait pas su guérir ; Geoffroy d'Estissac qu'il eût tant aimé revoir dans son abbaye de Maillezais ; Clément Marot, le gentil, le célèbre, le tant aimé Marot, décédé en exil et dans l'indigence... Trop de morts en vérité. Tous ces morts l'étouffaient de leur poids. Il approchait lui-même de sa soixantième année, âge vénérable, âge bien avancé pour un homme qui avait tant vécu. Tant vécu qu'il lui semblait être vieux d'un siècle, de tout ce siècle embrasé par une véritable renaissance de l'esprit rationnel, logique et merveilleux des Anciens ; de tout ce siècle d'espérance en une vie plus juste, plus libre, plus chrétienne. De cette espérance il avait fait sa foi et cette foi conduisit sa vie, la dynamisa. Or, tout à coup, les temps obscurs reprenaient le dessus, et trop de nuages noirs recouvraient de leur masse glauque sa diaphane espérance. Le doute, le doute dont Geoffroy d'Estissac lui avait jadis rappelé qu'il était la contrepartie du savoir, ce doute qui, loin d'être une contrainte, lui permit de pousser plus loin ses connaissances, devenait maintenant énorme. Il écrasait l'espérance. Il risquait même d'écraser sa foi.

Un événement nouveau le tira de sa désespérance. Une visite inopinée. Celle d'un cavalier envoyé par Philibert de l'Orme. Philibert lui demandait de le rejoindre de toute urgence à Paris, s'excusant de ne pouvoir se déplacer. Le cavalier amenait une mule. Heureux de cette diversion, Rabelais monta sur la mule et suivit le cavalier.

Aux médecins, comme à tous les bourgeois, seulement des mulets. Jamais de chevaux. Le cheval était un animal trop noble pour ces manants, également trop noble pour servir aux labours des paysans qui n'utilisaient que des bœufs. Le cheval ne servait de monture qu'au chevalier. Était-il aristocrate ce cavalier qui accompagnait Rabelais ? Sans doute non. Pas plus que son maître Philibert, fils du maître maçon lyonnais Delorme. Mais le train de vie princier de Philibert l'anoblissait, anoblissait son domestique et, pour achever de donner le change, Philibert signait de l'Orme, en deux mots.

Premier architecte français jouissant d'un statut d'artiste, comme ses collègues italiens, Philibert, dépendant des Du Bellay comme Rabelais, échappait néanmoins aux normes de la domesticité. D'où sa familiarité avec le roi.

Rabelais aimait beaucoup Philibert de l'Orme. Ceux qui n'étaient pas ses intimes détestaient sa suffisance et son arrogance. Philibert avait le complexe de ses origines modestes et il pensait naïvement les faire oublier en étalant sa science et sa richesse. Cette attitude lui valait beaucoup d'hostilité. Il mettait celle-ci sur le compte de la jalousie, voire de l'incompréhension que lui attiraient ses innovations architecturales. Et il la dédaignait puisque le roi François, passionné d'architecture italienne, lui avait accordé sa confiance et que son fils Henri la lui renouvelait.

Vêtu de la tunique et coiffé de la barrette qui distinguaient les savants et les lettrés, Philibert de l'Orme vivait à Paris dans un superbe hôtel qu'il avait construit lui-même, en exagérant les réminiscences italiennes. Il en était de son logis, comme de ses habits, comme de ses domestiques, tout était conçu pour que l'on oublie qu'il était né maître maçon. Seul Rabelais savait quel amour il conservait pour sa famille, comment en cachette il aidait sa parenté, et combien il montrait de gratitude à son père de lui avoir appris à se servir du bois et de la pierre en habile ouvrier.

Ce dernier trait, il eût été affolé que l'on puisse lui en donner crédit. Seul Rabelais connaissait ce qui humanisait le trop fier de l'Orme. Cette fidélité à sa famille, que d'aucuns eussent pu considérer comme une faiblesse, était pour Rabelais une preuve de la bonté et de l'affection de son ami.

Ce qui les rapprochait, c'étaient d'abord leurs origines plébéiennes. Si Rabelais outrait cette origine, se faisant dans ses livres plus peuple qu'il n'était, de l'Orme la dissimulait d'une manière aussi outrancière. Bien qu'inverse, le procédé était le même. Ils l'admettaient l'un et l'autre et en riaient.

Philibert témoignait à Rabelais une déférence qui étonnait, venant de cet homme vaniteux. Cette déférence n'était pas feinte. Il savait la valeur du médecin humaniste, l'appréciait et portait à l'homme une amitié sincère.

Arrivé à Paris, à peine Rabelais avait-il été annoncé par un domestique, dans l'antichambre aux moulures torsadées et aux murs recouverts de tapisseries de laine, que Philibert accourut, serrant son hôte dans ses bras et lui donnant l'accolade. Puis il l'entraîna dans une vaste pièce où il lui montra la maquette d'un édifice recouvert d'un dôme.

— C'est pour Diane ? demanda Rabelais.

— Toujours aussi perspicace. Le parfait consiste en choses rondes : la sphère, le mouvement circulaire. Rien n'est plus beau que la géométrie et que l'art des voûtes. Et parmi les choses rondes, rien de plus parfait que le sein de Diane de Poitiers. J'essaie de concevoir pour elle une architecture qui lui ressemble.

La maquette réalisée par de l'Orme était une superbe œuvre d'ébénisterie, à la fois rigoureuse et explicite. Rabelais en admirait la précision, la minutie des détails.

Que son ami l'invite pour examiner sa nouvelle œuvre lui fit le plus grand plaisir. Mais cela nécessitait-il une telle hâte ? Était-ce vraiment d'architecture que voulait lui parler de l'Orme ? Bien que l'architecture eût illustré beaucoup de leurs propos et qu'il résultât de leurs discussions les plans de l'abbaye de Thélème, l'inquiétude gagnait Rabelais. Rien n'était simple dans ce monde grouillant d'intrigues. Il l'avait vu maintes fois avec Jean Du Bellay, qui pourtant l'admirait et l'aimait, et qui n'hésitait pas à le compromettre dans des manœuvres qui conduisaient droit au bûcher. Philibert, maître maçon, n'était devenu premier architecte du royaume qu'en pulvérisant tous les obstacles posés sur son chemin. Certes, Rabelais n'avait jamais été pour lui un obstacle. Bien au contraire, il profita de sa science et, en retour, donna la sienne à l'écrivain. Sans Philibert de l'Orme, il n'y aurait point eu de Thélème. Et sans Rabelais Philibert n'aurait su que la science était désormais un facteur de promotion sociale. C'est Rabelais qui, à Lyon, orienta l'étudiant architecte vers l'anatomie, les mathématiques, l'histoire, la physique. C'est Rabelais qui, se référant à Vitruve (que n'avait-il pas lu!) convainquit le jeune Philibert qu'il devait échapper à la tradition constructive médiévale, encore très forte, et ne regarder que les antiques. Fort de ces leçons, l'étudiant s'était précipité vers les ruines romaines les plus proches, à Arles, à Saint-Rémy-de-Provence, à Orange, à Nîmes. Ils avaient, à Rome, mesuré ensemble les proportions des édifices antiques, pris des croquis, levé des plans, étudié les matériaux, les enduits, les ciments, les mosaïques. Philibert de l'Orme devint homme de savoir et praticien, chose commune en Italie, inédite en France. Aucun autre architecte français ne possédait une aussi grande connaissance de l'architecture italienne, ancienne et moderne. Grandeur, symétrie, harmonie, Philibert de l'Orme avait assimilé le meilleur de l'architecture antique.

L'érudition scellait l'amitié de l'architecte et de l'écrivain.

— Me ferez-vous l'amitié de loger chez moi pendant quelques semaines? demanda Philibert.

— Vous savez bien que je n'aime pas Paris, ni les

Parisiens. La ville est trop sale et trop bruyante; ses habitants trop sots, trop badauds, trop ineptes et surtout trop prétentieux. Trop de dévots et de despotes, trop de sophistes, de juristes, d'imprécateurs. Trop de singes savants. Trop de guenons lubriques. Trop de collèges. Trop de censeurs. Trop d'archers. Trop de potences. Trop de choses inutiles et inconsistantes. Trop de Sorbonne. Un mulet avec ses cymbales, un vielleux au milieu d'un carrefour y assemblent plus de gens que ne saurait le faire le meilleur prêcheur évangélique. Je n'ai de Paris que de mauvais souvenirs : la férule du collège pouilleux de Montaigu et l'apparition du diable.

— Du diable? Vraiment?

— Oui, du diable. Le diable incarné par un horrible Espagnol, si l'on peut employer ce pléonasme puisque tous les Espagnols de Charles Quint sont des diables.

— C'est vrai. Vous m'avez déjà parlé d'Ignacio de Loyola qui, pour vous, est le diable.

— Réellement, ami Philibert, je vous le jure, c'est le diable.

— Je voulais justement vous causer d'un autre diable qui vous veut du mal.

— Le moine de Fontevrault! Le cardinal m'a lu...

— Tout le monde, hélas, a lu la diatribe de ce cagot. Mais je vais vous blesser. C'est un de vos anciens amis...

— ... qui est devenu démon?

— ... qui est devenu votre ennemi.

Le roman de Rabelais

— A part vous et le cardinal, tous mes amis sont trépassés.

— Calvin fut de vos amis.

— Que me veut Calvin ?

— Comme le moine de Fontevrault, il rêve de vous détruire. Lui aussi vous accuse d'athéisme.

— On est toujours l'athée de quelqu'un. C'est une injure commode. Dolet la lança contre Érasme et elle se retourna contre lui.

— Calvin ne vous met pas dans la même sauce que Dolet. Il reconnaît que vous avez commencé par goûter l'Évangile mais affirme qu'ensuite votre rire sacrilège vous a mené à l'athéisme.

Toujours ce reproche du rire, cette incompréhension du comique, cette peur de la parodie. Que Calvin soit imperméable au rire, rien d'étonnant. Rabelais revoyait avec une certaine tendresse l'étudiant en théologie qu'il avait rencontré, dans ses années d'errance, à l'université d'Orléans célèbre pour son jeu de paume et ses danseurs. Il ne s'appelait pas encore Calvin, mais Cauvin, avait dix-huit ans et, élève diligent de Budé, se passionnait pour l'étude du grec et de l'hébreu. Le moine fugitif avait décelé chez ce jeune Picard l'étoffe d'un réformateur. Il le poussa à commenter Sénèque afin de tenter de trouver un accord entre les Évangiles et le stoïcisme. Plus tard, lorsque Rabelais publiera *Pantagruel*, Calvin sera de ceux qui applaudiront à ce livre vengeur. Mais quel sérieux chez ce jeune homme ! Quelle absence de spontanéité, de fantaisie ! Lorsque Calvin adhérera à la Réforme et qu'il fuira l'Inquisition en Saintonge, et

Le roman de Rabelais

finalement se réfugiera chez Marguerite (toujours la Dame à la licorne!) puis choisira Genève comme asile définitif, Rabelais croira, et Jean Du Bellay avec lui, que Calvin allait conquérir cette ville encombrée de réfugiés protestants et en faire une place forte ouverte à tous les évangélistes. Calvin conquit bien Genève, mais la conquit pour lui.

Que les papimanes l'attaquent par le biais du moine de Fontevrault, Rabelais ne s'en étonnait pas. Mais que Calvin devienne son ennemi le consternait. Pourquoi? Ne luttaient-ils pas l'un et l'autre pour libérer l'Église de ses mascarades? Comme Érasme, Rabelais avait choisi de demeurer catholique. Mais son catholicisme se voulait réformateur.

— Athée, dit Rabelais, quelle absurdité! C'est un gros mot, vide de sens.

— Pourtant, rétorqua Philibert, Calvin affirme que vous voulez « abolir toute référence à Dieu ».

— Qui vous a rapporté ces propos déments?

Philibert appela un domestique qui lui présenta un livre, posé sur un coussin noir. L'architecte l'ouvrit et lut :

— « Il n'hésite pas à dire que toutes les religions ont été forgées au cerveau des hommes; que nous tenons qu'il est quelque Dieu, pour ce qu'il nous plaît de le croire ainsi; que l'espérance de la vie éternelle est pour amuser les idiots; que tout ce que l'on dit de l'enfer est pour épouvanter les petits enfants. »

» *Il*, c'est vous, François.

Rabelais s'approcha, regarda le livre, en découvrit le titre : *Théotimus*.

Philibert tendit le volume à Rabelais qui l'ouvrit avec dégoût.

— Était-ce si important que je lise cela d'urgence ? demanda-t-il. L'Inquisiteur de Genève ne peut rien contre moi, ici.

— Je craignais que vous ne repreniez la plume avant de savoir que Genève était autant votre ennemie que Rome.

— Belle découverte ! Et qui n'est pas faite pour me redonner le goût d'écrire. Car écrire pour qui ? pour quoi ? L'intolérance est partout, chez les luthériens, chez les calvinistes, chez les catholiques. Comme tous les moines, je suivis avec curiosité et passion le drame luthérien. Comme tous les évangélistes, ma pensée oscilla longtemps entre la philosophie d'Érasme et celle de Luther. Jusqu'à ce que Luther condamne les paysans qui s'étaient soulevés au nom de la liberté qu'il avait prêchée et qu'il invite les seigneurs à châtier les rebelles. Luther condamnait le pape, avec raison, mais devenait un nouveau pape. J'ai compris alors que Luther n'était qu'un fléau envoyé par Dieu pour purger l'Église de son hypocrisie.

— Et Calvin ?

— Ah ! Calvin ! J'ai fondé beaucoup d'espoirs sur ce sage. Trop sage ! Sur ce sérieux. Trop sérieux ! Tant de gravité et d'ascétisme assèchent l'âme. J'ai commencé à douter de lui lorsqu'il n'a pas su protéger Marot, réfugié à Genève. Marot dont tous les calvinistes chantent les *Psaumes* ! Il aurait dû faire asseoir Marot à sa droite, le combler de douceurs. Mais comment eût-il pu comprendre l'espiègle Clément !

Rien n'est plus étranger à l'esprit d'un juriste qu'un poète. Et Calvin n'est finalement qu'un juriste, un légiste. Et pour imposer ses lois, il allume lui aussi des bûchers. Le pauvre Clément a dû fuir Genève et sa nouvelle Inquisition.

— Voilà de quoi alimenter la verve de Pantagruel, dit Philibert de l'Orme.

— Voilà de quoi alimenter la flamme des bourreaux.

— Le roi compte sur vous. La politique gallicane qu'il entend mener n'est pas comprise par tout le monde. Vous pourriez dérider les indécis par votre bon rire. Mettez les rieurs du côté du roi et la partie est gagnée.

Rabelais vint se planter devant Philibert et approcha très près son visage de celui de l'architecte, si près que Philibert recula.

— Ami, mon ami, mon vieil ami, à quel jeu voulez-vous me faire jouer? Croyez-vous que je ne comprends pas, que je ne vois pas, que je suis un pion poussé par le cardinal, qui pousse le roi, qui vous pousse vous-même, vous qui êtes devenu l'otage des Guises et de Diane. La politique gallicane du roi? Laissez-moi rire! C'est la politique du cardinal, qui en veut au Vatican de ne pas avoir été élu pape.

7.

Rabelais usa avec délices de l'hospitalité de l'architecte pendant deux semaines. Il n'aimait pas Paris, mais il aimait Philibert de l'Orme. Il se plaisait à le voir pousser à bout la recherche d'une forme en multipliant les croquis ; puis, de ces croquis, lever un plan. S'il ne s'était juré de ne plus écrire, cette féconde créativité de l'architecte l'aurait poussé à reprendre immédiatement la plume. Car les mots dessinent eux aussi des formes qui sont des phrases. Et les phrases s'alignent et composent des objets qui sont autant d'épures. Les mots, en vrac, affluaient dans la tête de Rabelais, lui cognaient les méninges. Il avait toujours été encombré de mots, trop de mots dont il faisait dans ses livres des sortes de litanies en une orgie de vocabulaire. Il raffolait des coq-à-l'âne, des proverbes et des dictons retournés à l'envers. Il ne résistait pas à orthographier « à propos » : *âpre aux pots* et « gentils-hommes » : *gens-pille-hommes*. On comprend que le pisse-froid Calvin ait sursauté en l'entendant badiner avec Dieu : « Le grand Dieu fait les planètes et nous, nous faisons les plats nets. » Jeu de mots qui ne vole pas très haut. Mais la facétie ne virait-elle pas au sacrilège lorsqu'il transformait le « service divin » en « service du vin » et parodiait jusqu'au Pater Noster : « Seigneur Dieu, donnez-nous notre vin quotidien. »

Calvin, il avait bien envie de le rouler dans un tohu-bohu syntaxique. Tout en résistant à cette envie d'écrire qui lui revenait, quoi qu'il en dise. Le moine de Fontevrault, Calvin, il en avait gros sur l'estomac. Ah ! oui, cracher tout ça ! Vomir toute cette bile... En badigeonner le monde... Pantagruel, une nouvelle fois, délacerait sa braguette et noierait ses ennemis en les arrosant de son urine. Ses géants pisseurs, chieurs, goinfres, quelle revanche sur les bigots, les chagrins, les cafards ! Il leur hurlerait encore qu'ils n'étaient que des enfoirés. Comme dit le proverbe : « A cul de foireux toujours merde abonde. » Rabelais se réjouissait de ces plaisanteries vaseuses. Elles dilataient la rate de l'érudit. Plus ses plaisanteries étaient énormes, plus celles-ci le détendaient, le reposaient de l'aridité de ses études.

Là encore, l'ancien moine franciscain pointait le bout de son nez. Moine prêcheur, sa verve était outrancière et burlesque. Condamnés par leur ordre à vivre d'aumônes, à se mêler à la foule, les cordeliers appartenaient au peuple par la simplicité de leur vie, par leur langage rude, par la hardiesse de leurs propos. Pendant des années, Rabelais avait prêché, chanté en public et soigné les malades bien avant de devenir médecin. Puis, dans la bibliothèque des bénédictins de Maillezais, il avait lu avec surprise les traités parodiques rédigés par ses pieux condisciples : la *Liturgie des ivrognes*, l'*Évangile des ivrognes* et finalement l'apothéose de ces œuvres comiques rédigées bien sûr en latin : l'*Éloge de la Folie* de cet autre moine, Érasme.

Dans le confort douillet de la maison de Philibert de l'Orme, Rabelais se mit à rêver de ses errances franciscaines. La nostalgie du pèlerin le reprit. Et, conséquence des nouvelles attaques dont il était l'objet, un désir irraisonné de fuite. Fuir ses calomniateurs, mais fuir aussi ses trop empressés amis. Fuir le cardinal, fuir le roi. Ni ses amis ni ses ennemis ne le laisseraient en paix.

Il demanda à Philibert de l'Orme de lui prêter la mule qui l'avait amené. Philibert la lui donna de bon cœur. Il pensait que Rabelais rejoindrait le cardinal à Saint-Maur-des-Fossés. Rabelais passa bien à Saint-Maur, mais juste pour inviter Gilles à le suivre. Et pour aller où ? Gilles ne le demanda pas qui suivit son maître (à pied). De toute manière, Rabelais l'ignorait.

A chaque fois qu'il s'était sauvé, une grande exaltation le saisissait. Sauvé ! Ce mot, comme fréquemment les mots, et c'était la part merveilleuse des mots, leur poétique cachée, avait un double sens. Il se sauvait et il était sauvé. Sauvé d'un danger lorsqu'il quitta le couvent du Puy-Saint-Martin, sauvé d'un trop grand confort lorsqu'il quitta le couvent de Maillezais. Il s'était sauvé si souvent qu'aujourd'hui, contrairement à Dolet, à tant d'autres moins hérétiques que lui, il était encore sauf. Sauvé lors de l'affaire des Placards en fuyant Lyon pour se réfugier à Maillezais, sauvé lors du supplice de Dolet en se réfugiant à Metz...

Le roman de Rabelais

Ils quittèrent Saint-Maur de si bon matin que la ville était encore déserte. En longeant les bords de la Marne, ils rencontrèrent d'abord des pêcheurs qui poussaient leurs barques dans la rivière pour y jeter leurs filets. Puis, au fur et à mesure que les brumes de l'aube se dissipèrent, apparurent des charrettes traînées par des bœufs, des chariots couverts, des colporteurs sac au dos, des vendeurs d'images et de chansons, des cavaliers, des moines mendiants, des pèlerins leur capuchon sur la tête, des marchands qui se déplaçaient de foires en marchés, des compagnons accomplissant leur tour de France. Sur cette route mal entretenue, comme l'étaient toutes les routes du royaume, au sol tantôt marneux, tantôt marécageux, où des chars et des chevaux s'embourbaient dans des fondrières en temps de pluie, si bien que les convois devaient passer à travers champs, une cohue de piétons, de cavaliers et de véhicules formait une animation incessante. Comme si tous ces gens fuyaient quelque chose ou couraient vers un miracle.

Certains, en effet, couraient vers un miracle; les pèlerins qui mettraient des semaines et des semaines pour rejoindre Rocamadour, Le Puy, Saint-Jacques-de-Compostelle. Et comment n'auraient-ils pas cru aux miracles puisqu'il s'en produisait tous les jours, partout, en tous lieux; que les romans de geste, les brochures populaires, les livres pieux attestaient les prodiges et les guérisons miraculeuses, la résurrection des pendus, les processions génératrices de pluie et de soleil, la translation de Nazareth à Lorette, par les anges, de la maison de la Vierge.

Rabelais, sur sa mule, maugréait. Il avait toujours trouvé absurdes ces pèlerinages, ces processions. Il se mit à invectiver la foule et bientôt un rassemblement se fit autour de lui. Retrouvant sa verve de prêcheur, il s'exclama :

— Allez-vous-en, pauvres gens, au nom de Dieu le Créateur, lequel vous soit un guide perpétuel, et dorénavant ne soyez pas attentifs à ces inutiles voyages. Entretenez vos familles, travaillez, chacun en sa vocation, instruisez vos enfants et vivez comme vous enseigne le bon apôtre saint Paul.

— C'est un huguenot, il parle de saint Paul, hurla un moine.

On commença à ramasser des pierres et à les jeter sur la mule qui s'emballa. La rapidité de sa monture et son affolement tirèrent Rabelais d'embarras. Mais Gilles restait en arrière. Faute d'avoir pu attraper le maître, on se vengeait sur le valet. Gilles s'appliquait surtout à tenir le capuchon de son manteau sur sa tête, afin de dissimuler cette maudite tonsure qui n'arrivait pas à s'effacer. En même temps, le capuchon amortissait les coups de bâton. Fort heureusement arriva le convoi d'un important personnage, couché dans une litière. Son escorte dégageait la route à coups de fouet. Gilles profita de ce que ses assaillants soient à leur tour assaillis pour déguerpir. Il rejoignit Rabelais près du bois Notre-Dame.

— Je ne t'abandonnais pas, s'excusa Rabelais,

mais la mule m'a emporté. Tu comprends maintenant pourquoi je ne veux plus parler. Dès que j'ouvre la bouche, on me lance des pierres.

— Et moi qui n'ai rien dit, on me bastonne.

— Dernièrement, à La Rochelle, on a jeté sur le bûcher à la fois un horloger hérétique et une horloge qui, sans doute, indiquait une mauvaise heure.

Du bois Notre-Dame parvenaient le coup sourd des haches sur les troncs d'arbre et le han des bûcherons.

— As-tu peur de la forêt, Gilles ?

— Tout le monde a peur de la forêt, peur des brigands, des loups, de l'obscurité. Oseriez-vous traverser une forêt sur votre mule ? Vous ressortiriez de l'autre côté ou bien occis ou bien tout nu.

— C'est pourquoi, Gilles, nous contournerons toutes les forêts que nous trouverons sur notre route. Il n'empêche que cette conspiration contre la forêt, menée à la fois par les hommes de progrès et les hommes d'Église, ne me plaît guère. L'avenir et le passé, qui n'ont pas d'autre raison de s'entendre, se liguent contre la forêt. L'avenir veut l'éclaircir pour en chasser les brigands et les fauves, pour y tracer des voies droites propices aux chasses et aux chevauchées des seigneurs ; l'Église veut l'anéantir pour que soient éliminés les fées, les sorcières, les enchantements, les bacchanales. L'avenir s'en prend aux forêts au nom du rationnel et le passé au nom de l'irrationnel. C'est avec le bois des forêts que l'on brûle les hérétiques et les sorcières. L'avenir et le passé détestent la nature. Souviens-toi, Gilles, combien notre bon François d'Assise aimait la nature, notre frère le soleil, notre

Le roman de Rabelais

sœur la lune, nos amis les oiseaux. Il aimait la nature comme les antiques l'aimaient. C'est en suivant son enseignement que nous avons voulu concilier le christianisme et la vie terrestre, le détourner de l'ascétisme, l'ouvrir à la beauté du monde, à l'épanouissement du corps humain.

Lorsqu'ils rencontrèrent la forêt de Sénart, ils l'évitèrent donc. Toutefois, Rabelais la salua avec une certaine emphase. Puis il descendit de sa mule et pria Gilles de prendre sa place :

— Tu dois être fatigué.

— La mule, qui porte un philosophe d'un aussi grand poids, est bien plus fatiguée que moi. Je ne vous propose pas de la porter. Mais laissons-lui, pendant quelque temps, l'échine vacante.

— Tu tires si vite parti de mes leçons, Gilles, que je crains de te voir trop tôt savant et de te perdre. Tu as raison, marchons contre les flancs de notre sœur la mule et louons-la d'être aussi docile à nous tenir compagnie.

Avant la tombée de la nuit, ils arrivèrent à Étampes. La mule et les deux hommes avaient du mal à se frayer un passage dans les rues étroites grouillantes de monde. Les étals des commerçants regorgeaient de marchandises. Rabelais s'arrêta devant un poissonnier qui lui vanta ses anguilles, ses lamproies, ses carpes, ses tanches, ses brochets. Il se contenta de lui acheter deux harengs. Un épicier lui vanta son sel, son safran, ses huiles, son vinaigre. Plus loin, il fut hélé par un marchand de fromages de Brie. On vendait de tout à Étampes : des paniers, des fagots, des allumettes, de la moutarde. Des porteurs d'eau, des portefaix, des crocheteurs poussaient des cris en bousculant la foule. Marchands de gaufres, marchands d'oublies, boulangers offrant des petits pains blancs dans des paniers d'osier, tripiers, volaillers, gargotiers, tous célébraient leurs produits, les chantonnaient, les criaient à tue-tête.

— Inutile de se comporter en moines faméliques, dit Rabelais. Ma bourse contient quelques écus. Nous souperons et dormirons donc à l'auberge. Nous garderons les harengs pour demain.

Le gîte dans lequel ils entrèrent sentait presque aussi mauvais qu'un cimetière. Une odeur de sueur, de graillon, d'urine, d'excréments animaux et humains. La salle commune, enfumée, était encombrée d'une clientèle qui pérorait, s'exclamait, discutait, se disputait, riait. Des pichets de vin passaient de main en main. Aucune courtoisie chez ces gens qui pénétraient dans l'auberge avec leurs bottes crottées, traînant leurs malles, bousculant les premiers arrivés, rudoyant les servantes. Habitué depuis si longtemps à cette brutalité et à cet inconfort, Rabelais jouait des coudes, imposait sa présence en élevant la voix. Il réussit à obtenir une chambre au-dessus de l'écurie, avec un seul lit puisque la coutume voulait qu'un lit serve au moins à deux personnes, même si celles-ci ne se connaissaient pas. Rabelais tira la couverture, regarda les draps crasseux qui n'avaient pas dû être changés depuis six mois :

— Voilà qui nous ramène à plus de modestie. Et qui nous évitera de nous déshabiller. Allons dîner,

Gilles, j'ai senti une odeur d'oie et de rôtissoire. Si toutefois nous sommes assez malins pour en attraper quelques morceaux.

A l'aube, la sonnerie des cloches les réveilla. Toutes les cloches, de toutes les églises, les chapelles, les couvents. Cette aubade mit Rabelais de mauvaise humeur. Il détestait les cloches qui lui rappelaient celles des monastères scandant implacablement le temps de la journée et de la nuit.

— Quelle tyrannie! s'écria-t-il. Qu'avons-nous besoin de nous lever d'aussi bon matin. Les heures sont faites pour l'homme et non l'homme pour les heures. Apprenons à gaspiller notre temps.

Mais puisqu'ils étaient réveillés ils se levèrent, descendirent boire un bol de lait chaud, récupérèrent la mule et reprirent leur chemin.

Quel chemin? Gilles évitait de le demander. Il suivait Rabelais qui, lui-même, suivait son instinct qui le poussait vers la Loire, vers Chinon, sans doute, qu'il n'avait pas revu depuis l'enfance. En réalité, Rabelais ne savait pas trop où il allait. Il allait ailleurs.

En attendant, ils traversaient la Beauce.

— Sais-tu, demanda Rabelais, pourquoi on appelle ce pays la Beauce?

— Il me semble, répondit Gilles, que le seigneur Pantagruel lui a donné son nom lorsqu'il prononça : « Je trouve *beau ce*... »

Le roman de Rabelais

— Quel merveilleux élève que ce petit moine ! Voilà que tu connais ton *Pantagruel* par cœur !

— Ce ne sont pas vos plaisanteries que je préfère dans *Pantagruel*, reprit Gilles avec une certaine effronterie.

— Que préfères-tu donc ?

— Les andouilles, les tripes, les boyaux, le ventre. Tout ce rêve de la mangeaille en nos temps de disette chronique. Comme tant d'autres, je suis devenu moine pour disposer au moins d'un quignon de pain dur à manger chaque jour. J'avais vu mon père, paysan de Picardie, dévorer l'écorce des arbres dans un terrible hiver où trois de mes frères sont morts de faim. J'ai vu, dans les rues d'Amiens, des squelettes agonisant dans les rues, couchés dans le fumier des porcs. Notre couvent fut assailli par une foule menaçante de gueux, ces gueux dévoreurs d'ordures. On mangeait, en ce temps-là, les bourgeons des arbres, leurs feuilles, les charognes des bêtes mortes, la terre. On mangeait du pain fait avec des glands, des raves, du chiendent, des baies de laurier, tout ce qui pouvait être bouilli, desséché, pilé, tamisé, réduit en farine. Vos livres sont une apothéose de la boustifaille. Vos géants, au lieu d'être avalés par la faim du monde, triomphent du monde en l'avalant. Vous y montrez la faim vaincue par une voracité délirante. Vous exorcisez la faim par le rire. Les bourgeois avalent le paysan, puis le déglutissent encore plus pauvre qu'il n'était. Les nouveaux riches sont riches de cette digestion du pauvre, avalé, dévoré.

Rabelais ne répondit rien, songeur. L'analyse du

petit moine était juste. Cependant, Rabelais se disait qu'il fuyait justement, présentement, le monde, de peur d'être avalé par lui. Il avait si bien créé ses personnages d'ogres parce que, justement, les ogres ne cessaient de l'obséder. Il en avait tant vu, avec leurs gueules ouvertes, leurs dents en lames de couteau : les inquisiteurs ogres, les papes ogres, la mort ogresse. Grandgousier, Gargamelle, roi et reine du monde.

Le soir venu, il proposa :

— Que dirais-tu de dormir près de ce buisson ? Les auberges sont si puantes qu'en comparaison la bouse des vaches semble parfumée. Et demain matin, au lieu d'être réveillés par le maudit carillon des cloches, nous écouterons le chant des oiseaux.

Toute la plaine était nue, à perte de vue. Les blés coupés ne laissaient dans les champs qu'une paille courte. Bien que les glaneuses aient ratissé soigneusement le chaume, des femmes et des enfants grattaient encore le sol, espérant y trouver, sinon des épis, en tout cas quelques grains.

Ils virent au loin la flèche de la cathédrale de Chartres ; évitèrent la ville car Rabelais n'avait que dédain pour les églises gothiques. Il eût fait n'importe quel détour pour aller admirer un fût de colonne, vestige oublié d'une villa romaine, mais toutes ces bâtisses barbares antérieures au génie de son ami Philibert, quel ennui !

Une fois gagnées les collines du Perche, la route devint moins monotone. Il lui arrivait même d'être particulièrement mouvementée. Comme lors de cet orage où ils débouchèrent opportunément dans un chemin creux. Un char s'y était enfoncé dans la boue jusqu'aux moyeux, cependant que les chevaux, engloutis jusqu'au poitrail, hennissaient de peur. Ils passèrent quelques heures à aider le cocher et ses servants à se tirer de ce mauvais pas. Comme dans cette ville, dont ils préféraient ne pas se souvenir du nom, où des hurlements les attirèrent sur la place du Martroi. Sur une haute roue, un homme ensanglanté, les bras et les jambes brisés, tantôt gémissait, tantôt rugissait. Le corps replié en arc de cercle, visage contre ventre, il était ainsi condamné à faire pénitence jusqu'à ce que mort s'ensuive. Une mort lente, atroce, frappant d'ailleurs de terreur les gens venus le voir et qui ne s'attardaient pas. Des pendus, on en avait l'habitude. Ils appartenaient au décor de la vie quotidienne. Le supplice de la roue, nouveauté depuis une vingtaine d'années, terrifiait.

En Rabelais, le prêtre et le médecin se disputèrent à qui porterait secours à ce malheureux. Le philosophe rationaliste les mit d'accord en leur rappelant que le supplicié devait mourir lentement, hurler tout son saoul, cracher son âme au diable et que si le prêtre ou le médecin osait toucher à ce débris humain, il serait lui-même, sinon roué, car la roue n'était dévolue qu'aux criminels, mais en tout cas pendu ou brûlé.

Rabelais talonna sa mule. Elle partit au trot, suivie à la course par Gilles, vert de peur et de honte.

Le roman de Rabelais

Ils allaient vers la Loire, effectuant parfois de longs détours pour atteindre le gué qui leur permettait de franchir une rivière, les ponts étant rares. Ils contournaient les marécages, les bois trop denses où des brigands risquaient de se cacher. Rabelais avait placé ses écus dans une poche cousue à sa camisole, sous son aisselle gauche. De temps en temps, il tâtait la poche pour voir si son trésor se trouvait toujours là.

Sauf lorsque leurs vêtements étaient trop trempés par une averse, ils évitaient les auberges. En cet été, les nuits restaient le plus souvent claires et fraîches. Ils bricolaient leurs lits au creux d'un buisson, se lavaient le visage et les mains dans un ruisseau. En traversant le prochain village, ils achetaient du pain, du jambon salé, des harengs blancs bouffis, une bouteille de vin d'Orléans. Lorsqu'ils rencontraient des oiseleurs, Rabelais ne pouvait s'empêcher d'acheter l'oiseau et la cage. Puis il libérait l'oiseau et jetait la cage. Gilles se lamentait de cette prodigalité.

Il leur arrivait de s'arrêter longtemps, lorsque, dans l'après-midi, l'ombre propice d'un grand chêne se présentait. Et Gilles interrogeait son maître :

— Vous me parlez souvent de notre patron, François d'Assise. Est-ce pour vous le seul modèle ?

— Il n'y a que trois hommes qui vaillent : le saint, le sage et le héros. Il n'existe pas de meilleur saint que notre François d'Assise. Il n'existe pas de meilleur sage que le vieil Érasme, auquel le pape proposa le chapeau de cardinal et qui le refusa, préférant se faire helvète et se tenir loin des disputes entre le roi, le pape et l'empereur. Il n'existe pas de plus grand héros que notre roi François, premier du nom...

— Je sais qu'il aimait vous lire. L'avez-vous rencontré ?

— Je ne l'ai pas vraiment rencontré, mais je l'ai vu. Je me trouvais à Aigues-Mortes, dans la suite du cardinal, lors du tête-à-tête entre le roi, le pape et l'empereur. Je les ai observés tous les trois, se parlant non sans larmes, accolades et embrassements, tous les trois qui se détestaient, tous les trois qui voulaient se partager le monde. Pour quoi faire, grand Dieu ! Que voulaient-ils en faire, du monde, ces trois mortels qui se croyaient immortels ? Notre roi François n'avait que quarante-quatre ans mais, malade, il paraissait déjà vieux. Et Charles Quint, qui n'avait que trente-cinq ans, ne se portait guère mieux. Jadis élégant, désinvolte, notre roi avait le visage rouge, les traits alourdis, le nez gras, les paupières gonflées. Il perdait son sourire et ses yeux exprimaient moins de malice. Je l'observais, de loin. Il restait souvent seul, à l'écart, jouait quelques notes de musique sur son rebec d'argent. Je devinais quelle était sa maladie et la savais mortelle. Il revenait vers le pape et Charles Quint. Tous les trois parlaient italien, mais bizarrement le roi et l'empereur bégayaient. Était-ce la haine qu'ils se portaient qui leur cisaillait ainsi la voix ? Toujours est-il que notre roi retourna d'Aigues-Mortes brisé. Le cardinal, désolé, me le décrivit capricieux, morose, inquiet, désagréable, même méchant, lui le plus bienveillant des souverains. L'Église, la Sorbonne s'emparèrent de ce mourant. Et c'est ainsi que nous le perdîmes et qu'il se perdit. Diane de Poitiers, les Guises, les inquisiteurs, le ramenèrent dans le giron de l'Église absolutiste. A cinquante ans, la figure blafarde et boursouflée, il se traînait comme un fauve dans ses forêts, chassant son ombre. Et l'autre héros, le Picrochole, soi-disant bras vengeur du catholicisme, Charles le cinquième qui, en Flandre, faisait enterrer vivantes les femmes protestantes, goutteux, asthmatique, marchant courbé en deux en s'appuyant sur un bâton, il fallait une poulie pour le hisser sur son cheval de parade et il ne voyageait plus qu'en litière.

» Les héros, vois-tu, ont une destinée plus tragique que les saints et les sages. Même martyrisés, les saints et les sages échappent à cette déchéance qui frappe les héros.

» François, premier du nom, Charles le cinquième, héros à la manière antique, se placent dans l'empyrée des dieux. Trop haut, bien trop haut placés pour moi. Non, mon héros, pour moi, c'est Guillaume Du Bellay, l'aîné du cardinal, près duquel j'ai vécu lorsqu'il devint gouverneur du Piémont.

» Le seigneur Guillaume ressemblait peu à son frère Jean. Un homme très grand, moins grand que le roi François, ce géant, mais très grand tout de même; grand, fort, bien bâti, avec une belle figure ornée d'une barbe courte. Si Jean Du Bellay était le bras gauche du roi, celui qui lui indiquait le bon chemin de la chrétienté, Guillaume en était le bras droit, celui de la diplomatie et des armes. Il avait participé à la bataille de Marignan, négocié l'entrevue de François, premier du nom, et de Henry le huitième à Boulogne et à Calais. Présentement, le roi lui donnait la charge de maintenir son vieux rêve italien en conservant le Piémont à la France. Malheureusement, une santé précaire affligeait ce héros. Le cardinal pensa que je saurais soigner son frère, le préserver de la goutte et des fièvres chaudes. C'est ainsi que je devins piémontais. C'est ainsi que je retrouvai mon cher de l'Orme chargé de fortifier les défenses de l'armée, en construisant des remparts, des forteresses.

Les oiseaux ne chantaient plus. Dans la nuit, peu obscure, un grand silence s'abattit sur la campagne. Gilles, les yeux brillants, attendait la suite. Rabelais bâilla et dit qu'il fallait dormir.

Très vite, le petit moine s'endormit. Rabelais, lui, restait éveillé. Parti au Piémont, il y restait. Il se revoyait, veillant non seulement à la santé de Guillaume Du Bellay, mais contrôlant l'hygiène de l'armée (déplorable), prévenant les épidémies (incontrôlables), approvisionnant en drogues et en plantes médicinales la pharmacie militaire. Cette terre piémontaise, étrange à l'homme de Loire aux doux vallonnements, avec cet arc alpin qui entourait la région, formait un vaste amphithéâtre aux sommets neigeux. Des vallées profondes conduisaient aux cols empruntés pour les routes menant en France. Le climat était rude, mais salubre ; la plaine du Pô, fertile, riche en blé, en vignes, en arbres fruitiers. Aussi, la première mesure prise par Rabelais fut de distribuer des victuailles à la population jusqu'alors pillée et rançonnée.

— On ne se concilie pas un peuple en le ruinant, en le vexant, en le régissant avec des verges, dit-il à Guillaume Du Bellay, mais en le nourrissant bien. Le soldat est traditionnellement un dévoreur de peuples. Agissez de manière à ce que le peuple, dont vous avez la responsabilité, soit un dévoreur de bons aliments.

Guillaume Du Bellay, qui accordait entière confiance à son conseiller, médecin et ami, accepta.

— Qui veut bien pacifier, doit bien panifier, conclut Rabelais qui ne pouvait s'empêcher de jouer avec les mots.

Toutefois, comme les mauvaises habitudes sont persistantes, Rabelais avait fort à faire pour cautériser les oreilles coupées des soldats pillards. Il avait fort à faire pour raccommoder la casse de l'artillerie des Impériaux dans les rangs des arquebusiers. Disposant de peu de troupes, Guillaume Du Bellay devait se contenter de garder les places fortes. D'où le rôle éminent donné à l'ingénieur militaire Philibert de l'Orme. D'où le rôle éminent donné au médecin et chirurgien Rabelais qui pansait les plaies, réduisait les fractures.

— L'invention de la poudre travaille contre la nature, disait-il à Philibert. L'imprimerie a été inventée par une inspiration divine, l'artillerie par une suggestion diabolique.

Philibert dans les édifices et Rabelais dans les corps réparaient les dégâts.

Rien ne développe plus l'esprit du médecin et du chirurgien que la guerre. Car aux maladies naturelles s'ajoutent les turpitudes de la soldatesque. Toute l'ingéniosité du soldat vise à entailler, trouer, transpercer le corps de son adversaire. Couper les membres, trancher les têtes est considéré comme un exploit. Aveugler, châtrer, scalper, rien de plus valeureux. On lance des boulets, des flèches, des balles de plomb, de l'huile bouillante. Tout ce qui peut meurtrir, tout ce qui brise, mutile, estropie.

Pour redresser les nez fracturés, Rabelais enfonçait ses doigts dans les narines et les poussait aussi profondément que le permettait la conformation du nez. Mais les doigts devaient rester immobiles jusqu'à la consolidation du nez. D'où le recours aux doigts du malade qui prenait ainsi la désagréable habitude de se mettre les doigts dans le nez.

S'inspirant du traité des *Muscles* de Galien et de son *Anatomie des os,* il réinventa le glossomion, pratiqué dans l'Antiquité mais ignoré au Moyen Âge. Le glossomion servait à réparer les fractures du fémur. Rabelais couchait le blessé sur le dos, lui étendait la jambe et, avec deux aides, tirait sur la cuisse pour aboucher les os disjoints. Son hôpital militaire fut bientôt empli de gouttières, de hamacs, de planchettes.

Avant lui, pour les plaies de l'abdomen les chirurgiens utilisaient des compresses imbibées de vin chaud, puis y appliquaient une bête fumante tranchée par le milieu. Si l'inflammation persistait, on coupait le péritoine. Rabelais, pour cette opération, inventa un syringotome composé d'un manche en bois contenant une tige mobile pourvue d'une lame tranchante.

Les blessures d'arquebuse étant considérées comme vénéneuses à cause de la poudre, on y versait de l'huile de sureau bouillante, puis on les cautérisait avec un fer rouge. Malgré cela, le plus souvent les plaies se putréfiaient et se couvraient de vers. Rabelais s'aperçut que la poudre n'était pas vénéneuse et il inventa, pour soigner les plaies d'armes à feu, un baume composé de chair de chiens nouveau-nés, bouillie dans de l'huile de lis, et de vers de terre macérés dans de la térébenthine de Venise, baume qui fit miracle.

Son plus bel exploit tint dans la manière dont il guérit Guillaume Du Bellay d'une épouvantable colique due à la rétention d'urine. A l'inverse de ce qu'auraient ordonné tous ses confrères, il demanda au gouverneur de monter à cheval, de lancer celui-ci au galop et de ne craindre ni les secousses ni les affreuses douleurs qui en résulteraient. Du Bellay revint livide et moribond, pissa du sang, expulsa la pierre et fut guéri.

Guéri... Enfin, provisoirement guéri. Mais n'en est-il pas de même pour nous tous. La guérison est toujours provisoire puisque, de toute manière, la mort nous harcèlera de maladies jusqu'à ce qu'on en crève.

Ah! ce drame de la mort de Guillaume Du Bellay! Cet échec de Rabelais qui n'avait su lui éviter le trépas! Dans cette nuit d'été, si calme, près du petit moine qui ronflait doucement, Rabelais se souvenait de la mort si lente de son maître et ami; s'en souvenait avec grande douleur et grands regrets.

Guillaume Du Bellay avait toujours été tenaillé par la goutte, comme son frère le cardinal. Avant la venue de Rabelais, il se soignait, selon la coutume, avec le sang menstruel des servantes. Rabelais prônait d'autres méthodes, où le régime alimentaire trouvait une large place. Mais le résultat ne fut pas meilleur. Une tumeur au pied finit par immobiliser le gouverneur et la goutte attaqua tous ses membres. Il demanda au roi la permission de rentrer en France. En plein hiver, porté sur une litière, escorté par une petite troupe de serviteurs, il traversa les Alpes. Aux approches de Lyon, Rabelais, frappé de terreur, vit une comète qui ne pouvait qu'annoncer l'agonie du gouverneur. Dans les jours qui suivirent, il eut des rêves effroyables: morts dans leurs linceuls, noyés au fil de l'eau, ours et lions qui se déchiraient. Même un esprit aussi rationnel que Rabelais était sujet aux divagations des présages, des apparitions, des signes. Et dans cette nuit calme, la peur des esprits revenait le hanter.

Guillaume Du Bellay mourut sur la route d'Anjou, à Saint-Saphorin, dans les monts Tarare. Il avait cinquante-deux ans, trois ans seulement de plus que son médecin impuissant. Il n'était pas question de l'enterrer sur place. Rabelais fut donc chargé d'embaumer le corps.

Horrible besogne. Il en grelottait, rien que d'y penser dans cette nuit chaude. Laver le corps à l'eau-de-vie, au vinaigre, le parfumer; inciser la poitrine avec un scalpel et enlever le cœur ; insérer à la place de la menthe, de la lavande, du thym ; recoudre ; croiser les bras de son maître et ami sur la poitrine ; oindre le corps de térébenthine ; l'emballer dans deux grosses toiles goudronnées ; ficeler le tout ; coucher le mort dans un sarcophage en plomb, rempli de plantes aromatiques sèches ; souder le cercueil... Ces souvenirs l'oppressaient à tel point qu'il dut se relever pour vomir.

Cher compagnon, moine enfant au couvent de la Baumette, cher héros des guerres d'Italie, cher complice dans la lutte évangélique, dans ce complot des Du Bellay, auquel il avait toujours été intimement lié, pour faire basculer le roi et le royaume du côté de la Réforme.

Le convoi sinistre passa par Roanne, Saint-Pourçain, la vallée de l'Allier et celle de la Loire, amenant le sarcophage jusqu'au Mans où un troisième Du Bellay, René, voulut inhumer Guillaume dans la cathédrale dont il était l'évêque.

Le 5 mars 1543, à huit heures du matin, en tête du cortège marchaient huit hérauts en deuil agitant des sonnettes. Suivaient les maîtres d'école et leurs écoliers, les cordeliers et les jacobins, vingt-six marchands tenant chacun une torche, vingt-six pauvres auxquels on avait payé des vêtements de deuil, vingt-quatre officiers de la cour ecclésiastique avec des flambeaux allumés, douze domestiques et huit nobles portant le corps. Le quatrième Du Bellay, Martin, l'homme de guerre, se trouvait évidemment dans le cortège, près de Jean Du Bellay, le cardinal. Il y avait aussi un jeune poète, encore inconnu, âgé de dix-neuf ans, Pierre de Ronsard.

Oui, les Du Bellay commençaient à mourir et le temps des Ronsard allait venir. Ces poètes qui se diront de la Pléiade et que détestera Rabelais.

Ronsard, qu'il n'avait fait alors qu'entrevoir et auquel il n'attacha aucune importance, lui gâchait sa nuit. Le souvenir de la mort de Guillaume Du Bellay était à la fois horrible et doux. La présence du jeune Ronsard, à ces obsèques pompeuses, prenait soudain une importance démesurée.

Ronsard, Calvin, le moine de Fontevrault, les Guises, tout se liguait pour abîmer sa vieillesse ; tout se liguait pour lui démontrer que sa vie n'avait été qu'un échec. Il regarda le petit moine qui dormait confiant près de lui, le visage enfoui dans le creux du coude, ce petit moine qui connaissait les versets de *Pantagruel* mieux que son bréviaire, qui risquait le bûcher à le suivre. Non, tout n'était pas perdu. Le cardinal, Philibert, ne croyaient-ils pas en lui, autant que le petit moine et avec moins de candeur ? Alors pourquoi les fuir ? Et pour aller où ? Il retournait instinctivement, d'un instinct animal, vers la Touraine de son enfance. Mais pour retrouver quoi ? qui ? Depuis belle lurette il avait rompu avec sa famille. Mais la terre, sa terre... C'est elle qui le tirait par les pieds. Il avançait vers elle en aveugle. Depuis son départ du couvent de la Devinière, jamais il ne revint en Touraine. La Touraine lui restait figée dans le cœur. La Touraine et l'Anjou de son enfance, le Poitou de son adolescence et de ses débuts d'âge d'homme, il les avait transfigurés dans *Gargantua* et dans *Pantagruel*. Ils étaient la terre, le terreau, dans lesquels poussaient ses personnages, dans lesquels ils s'enracinaient. Il ne connaissait Chinon que par des on-dit, mais toute sa vie il proclama que c'était la plus belle ville du monde. Puisqu'il l'avait dit, puisqu'il l'avait écrit, c'était fait. Inutile de le vérifier. Aller à Chinon, aller en Touraine risquait de lui détruire un beau rêve. Il réveilla Gilles :

— J'ai une bonne nouvelle à t'annoncer. Bientôt nous dormirons dans des draps blancs et l'on nous servira, pour dîner, des mets délectables. Nous prenons le chemin du Mans. J'y ai un ami, l'évêque René Du Bellay.

Ils obliquèrent donc vers la vallée du Loir. Rabelais se sentait ragaillardi à la pensée de rejoindre un Du Bellay. Il avait moins fréquenté René que ses frères, mais l'évêque du Mans et lui partageaient une même passion : la botanique. Lorsque Rabelais vivait à Rome, il lui envoyait des graines, des plants, qui, depuis le temps, avaient dû ou mourir ou grandir. Il se réjouissait de voir ce résultat de la fécondité. René Du Bellay, comme lui, adhérait à ce mot clef de la Renaissance : « Revenez à la nature. »

En atteignant le bord du Loir, ils s'aperçurent que tous les ponts de bois avaient été emportés par une crue du printemps. Ils suivirent la rive, espérant rencontrer un bac. Pas de bac, pas de barque, mais à l'orée d'un bois ils butèrent sur une troupe de gueux ou de soldats (allez savoir!). En ce temps-là rien ne ressemblait plus à un capitaine de la milice qu'un chef de brigands. Avant d'éclaircir l'affaire, ils étaient rossés, dévêtus, flanqués par terre. Les malandrins s'enfuyaient avec la mule, les habits, la bourse. Rabelais et Gilles se retrouvaient ébaubis, en chemise et pieds nus.

— Nous voilà revenus à nos origines monastiques, dit piteusement Rabelais. Nous mendierons notre pain et nous arriverons chez l'évêque en odeur de sainteté.

Ainsi firent-ils. A l'exception de l'odeur qui, après plusieurs jours de marche, sous un soleil lourd, s'apparentait plutôt à celle des pourceaux.

René Du Bellay les accueillit fraternellement, les logeant dans une aile du palais épiscopal. Rabelais se procura des habits de médecin, la longue robe noire et le bonnet rond. Gilles revêtit un habit d'écolier. Sa tonsure ayant fini par disparaître, il se coiffa à la nouvelle mode, les cheveux rabattus sur le front, comme un page.

Toutes les pièces de l'évêché fleuraient le romarin et le genièvre épandus sur le plancher. Dans la cour, des feuillées d'herbes fraîches et de rameaux dispensaient également un arôme agréable. Lavés, récurés, Rabelais et Gilles s'étaient, eux aussi, parfumés. La lutte contre la puanteur des rues, des cimetières qui entouraient les églises, des hommes et des femmes qui sentaient le suint, le gibier faisandé, la bauge de porc, cette lutte contre l'écœurement des remugles était incessante chez les riches. Les pauvres, eux, depuis que les papimanes et les calvinistes se trouvaient pour une fois d'accord sur la fermeture des bains publics considérés comme des lieux de perdition, devaient s'habituer à vivre dans la merde. D'où tant de merde dans l'œuvre de Rabelais, qui dénonçait les travers de la société de son temps en les grossissant à l'extrême. Aux odeurs épouvantables, répondait chez les riches la passion des parfums. Aux odeurs épouvantables, Pantagruel répondait par un hymne excrémentiel :

« Ô belle matière fécale ! Appelez-vous ceci foire, crottes, merde, fiente, déjection, excrément, chiure, étron... »

Il se complaisait dans le vocabulaire scatologique qu'il chantonnait comme une comptine.

René Du Bellay était un homme de petite taille, replet, bedonnant, son linge toujours parfumé à l'eau de trèfle. Un père tranquille qui contrastait avec l'agitation ambitieuse de ses frères. L'évêché du Mans lui avait été octroyé et il s'en contentait. Beaucoup d'ecclésiastiques se seraient contentés à moins, mais tel n'est pas notre propos. René Du Bellay administrait avec équité son diocèse et se livrait avec joie aux plaisirs de la botanique. Rabelais lui raconta comment, du temps qu'il vivait à Montpellier, il se rendit herboriser aux îles d'Hyères et en rapporta tellement de plantes, d'un grand secours dans sa pharmacopée, qu'il lui arrivait de signer : « François Rabelais, médecin, caloyer des îles d'Hyères ».

Le parc de l'évêché était orné de beaux arbres et de multiples arbustes. L'évêque (toujours entouré de ses lévriers) et le médecin s'y promenaient pendant des heures, commentant les plantations. René Du Bellay se montrait surtout fier de son platane, le seul platane existant alors en France, résultat d'une graine que Rabelais lui avait envoyée d'Italie.

— La nature seule nous donne une idée du paradis terrestre, disait Rabelais. Croyez-vous, monseigneur, que le paradis subsiste en ce monde ? On a longtemps supposé que le paradis et l'enfer se situaient aux Indes. Alexandre de Macédoine n'affirmait-il pas avoir aperçu en Inde le séjour des Justes, clos de toutes parts ? Ne racontait-on pas que dans les forêts et les vallées de l'Inde, où les démons sont si nombreux, le sol recèle les orifices menant aux enfers ?

— La théologie nous enseigne que le paradis terrestre existe, mais dans un lieu indéterminé. Peut-être les navigateurs qui franchissent l'Océan afin de trouver une voie d'eau plus directe vers les Indes approchent-ils de la Jérusalem céleste ? Leurs relations sont troublantes.

— Ne craignez-vous pas que ces marins, ces hommes de guerre ne sachent pas reconnaître le paradis et qu'ils exportent, dans ces domaines nouveaux qu'ils découvrent, notre enfer quotidien ?

René Du Bellay resta longtemps silencieux. Puis il dit, comme à regret :

— J'ai reçu les confidences d'un dominicain qui revenait des Indes occidentales. Comme à l'accoutumée, vos pressentiments, François, ne vous trompent pas. Il n'est pas impossible que ces marins aient en effet découvert le paradis terrestre, mais ils ont l'enfer en eux.

Chaque jour, l'évêque et l'ancien moine allaient se recueillir devant le tombeau de Guillaume Du Bellay, dans la cathédrale Saint-Julien.

Le soir, les deux anciens moinillons du couvent de la Baumette devisaient dans l'immense bibliothèque de l'évêché. Rabelais tenait à l'évêque des propos qui l'eussent tout droit conduit aux supplices de l'Inquisition s'il n'avait conversé avec un Du Bellay. Il s'en prenait à la papimanie, au scandale des Indulgences, à la bêtise du jeûne en carême qui mena Marot en prison, à l'eau bénite dont il prétendait que ce n'était qu'un remède saumâtre contre la soif, et même à la messe qu'il eût voulue plus courte. « C'est un manteau trop long qui risque de traîner dans la boue. »

René Du Bellay riait. Il approuvait Rabelais, mais

Le roman de Rabelais

lui demandait de patienter. On ne peut pas tout chambouler ou bien alors on quitte l'Église, comme Luther.

Ni René Du Bellay, ni Jean Du Bellay, ni Rabelais ne voulaient quitter l'Église. Ils voulaient la transformer, la purifier, l'évangéliser, mais non pas la détruire. Ces niais...

Bientôt, il fallut repartir.

— Mon frère le cardinal vous attend à Saint-Maur, dit René Du Bellay. Il m'écrit qu'il se languit de vous.

Cette nouvelle tomba sur Rabelais comme un filet jeté sur un oiseau. Captif! Il était de nouveau capturé, bon à être livré à son protecteur, à son tyrannique ami. Il savait bien que le cardinal ne le lâcherait pas, qu'il finirait toujours par le retrouver, où qu'il aille. Lui-même, depuis le jour où Jean Du Bellay l'enleva à l'hôpital de Lyon, ne passa-t-il pas sa vie à fuir les Du Bellay et à les retrouver au plus vite, comme un cheval docile qui retourne à l'écurie ? Il suivit même Martin, l'homme de guerre, dans une de ses campagnes en Picardie, lui qui se moquait tant des soldats, écrivant : « C'est la plus grande bêtise du monde de dire : J'ai rompu dix lances en tournoi ou en bataille. Un charpentier le ferait bien. » Il avait suivi Martin Du Bellay comme médecin, réparé les fractures de ses fantassins, pansé les blessures de ses arquebusiers et de ses lansquenets. Toutefois, près des Du Bellay, et c'est pourquoi ceux-ci ne pouvaient se dispenser de lui, il pratiquait bien autre chose que la médecine : conseiller politique, conseiller religieux, hagiographe, parfois espion. Il savait tout, Rabelais, et il devinait tout ce qu'il ne savait pas. A travers les Du Bellay, Rabelais influençait la politique du roi François, premier du nom. Ses écrits magnifiaient les prouesses du roi et ridiculisaient son **adv**ersaire, Charles le cinquième. Ainsi, tous les rieurs d'Europe étaient du côté du roi de France.

Présentement, le cardinal voulait que Rabelais mette les rieurs du côté de Henri II, le nouveau roi, en fustigeant le pape. Les papes, Rabelais n'avait jamais pu les blairer. Le luxe, la luxure, la gourmandise, la tyrannie du Vatican l'écœuraient autant qu'ils avaient écœuré Luther. Chez l'un et chez l'autre, il y avait dans leur animosité vis-à-vis des papes une réaction puritaine de moines offusqués. Lorsque Rabelais vivait au Vatican, avec Jean Du Bellay, il n'arrêtait pas de railler la servilité du cardinal. Comme ce jour où, reçus tous les deux en audience, il s'éclipsa avant la bénédiction papale. Et comme Jean Du Bellay s'en étonnait, il lui avait répondu : « Puisqu'un si haut dignitaire que vous s'abaisse à lui embrasser sa pantoufle, que vouliez-vous que moi je lui baise ? »

Bon, il repartirait. Il ne voulait pas se l'avouer, mais en réalité Jean Du Bellay lui manquait. René était charmant, calme, mais il ne manifestait pas la vivacité d'esprit de son frère, toujours aux aguets, comme un renard. Rabelais se reposait délicieusement dans le palais épiscopal du Mans. Si délicieusement qu'il finissait par ressentir un certain ennui.

Afin d'éviter que sur le chemin du retour Rabelais et Gilles ne fassent quelque mauvaise rencontre, René Du Bellay les incorpora dans une caravane de marchands, de nobles et de soldats qui remontait vers Paris ; manière alors usuelle de voyager, les routes étant trop peu sûres pour s'y aventurer individuellement. Même les pèlerins formaient des bandes, moins vulnérables.

La caravane dans laquelle prit place Rabelais, juché sur une nouvelle mule (Gilles en chevauchait une autre), comprenait deux coches dans lesquels se calfeutraient des dames et des demoiselles, une vingtaine de cavaliers, des chariots de marchands, et des hommes d'armes à pied : hallebardiers, archers, arquebusiers. L'un des cavaliers approcha sa monture de la mule de Rabelais. C'était un jeune homme très maigre, avec une barbiche de chèvre et, autour du cou, un collier orné d'un médaillon. Il se présenta comme le petit-neveu de René Du Bellay et dit se prénommer Joachim. Il allait lui aussi à Saint-Maur, chez son autre « oncle », le cardinal. Il salua très bas le grand écrivain qui illustrait avec tant de brio cette langue française dont il avait pris lui-même la défense l'année précédente.

Rabelais connaissait sa *Défense et Illustration de la langue française,* lue avec l'impression désagréable qu'il s'agissait d'une autre langue que la sienne, plus sèche, plus précise peut-être, mais moins populaire, moins riche de sève terrienne et villageoise. Il avait lu aussi les sonnets que Joachim Du Bellay dédiait à son oncle le cardinal. Ceux-ci rompaient avec la tradition poétique qui lui était chère, celle de Villon et de Marot. Ils se plaçaient sur le même plan que cette poésie de Cour, illustrée par Ronsard, son ennemi Ronsard. Rabelais savait Joachim Du Bellay l'ami de Ronsard, le grand ami de Ronsard.

D'un petit geste de la main, il s'écarta de Joachim, talonna sa mule pour qu'elle s'éloigne, qu'elle rejoigne le groupe des marchands. Une grande tristesse, un grand découragement de nouveau l'étreignit.

8.

Donc Rabelais retrouva Saint-Maur-des-Fossés, sa masure près de l'église Saint-Nicolas, ses pauvres, ses malades. Jean Du Bellay insista une nouvelle fois pour qu'il loge au château, s'offusquant de ce qu'il ait bien accepté l'hospitalité de René, au Mans. Rabelais y eût peut-être consenti, si Joachim n'avait résidé dans la superbe demeure. Il ressentait vis-à-vis de Joachim une jalousie stupide; l'impression qu'il lui dérobait sa langue, ou plutôt qu'il la détournait de son cours torrentueux. C'était accorder beaucoup de crédit à un jeune poète, encore peu connu. Rabelais, qui devinait tout, pressentait-il que le moins illustre en son temps des Du Bellay, le petit neveu protégé par ses célèbres oncles, serait celui que la postérité retiendrait. Le seul. Étranges caprices du destin! Mais Joachim lui-même serait quelque peu effacé par la gloire de son ami Ronsard, qu'il avait rencontré pour la première fois aux obsèques de Guillaume Du Bellay. Et à travers Joachim, c'était Ronsard que Rabelais redoutait.

Le roman de Rabelais

Ronsard n'avait que dix-huit ans lorsqu'il s'était affronté à Rabelais. Rabelais revoyait ce jeune homme insolent, invité à Turin par le gouverneur ; il revoyait cet ambitieux qui s'insinuait dans la famille des Du Bellay et aspirait d'y occuper la première place. Sa place, à lui, Rabelais ! Il la défendait comme une bête défend son territoire. Et l'autre attaquait, cherchait une faille. Long, maigre, blond, les yeux bleus, Ronsard conservait dans ses manières et sa vêture une certaine afféterie héritée de son enfance de page du dauphin. De petite noblesse, il se composait des allures princières, avec ses cols de fourrure. Ne se considérait-il pas comme le prince des poètes ? Déjà ! Ce qui indignait Rabelais. Le prince des poètes c'était Marot, Marot vêtu comme Rabelais de la robe sombre des intellectuels domestiques, Marot dont on interdisait les *Psaumes* et qui se trouvait en exil à Genève. Le vieux Rabelais (il avait près de cinquante ans) et le jeune Ronsard s'étaient rudement querellés. Pour la première fois, l'œuvre de Rabelais avait été attaquée non pas au nom du passé, comme de coutume, mais au nom de l'avenir. L'impertinent Ronsard ne cachait pas qu'il la considérait comme vétuste, archaïque ; qu'à la langue des gueux, que Rabelais utilisait comme un rustre, il entendait opposer la langue des princes ; qu'il ferait du français une langue princière. Ah ! le sinistre morveux, qui prétendait dégraisser (oui, il disait dégraisser) la langue de Rabelais... Rabelais voyait bien, maintenant, ce qu'ils en avaient fait, de son français : un langage fleuri, fourmillant d'hyperboles, de guirlandes, de couronnes. Pas étonnant que Diane de Poitiers, que les Guises, que le petit roi sans doute, en raffolent. Comme on était loin de la verdeur du grand roi François, premier du nom !

On en revenait toujours là. Il en revenait toujours là. Depuis la mort de François Ier, de Marot, de Guillaume Du Bellay, de la Marguerite des marguerites, de Dolet, le monde n'était plus le même et il éprouvait la sensation vertigineuse que son propre monde s'écroulait et qu'il disparaîtrait avec lui.

Il ne doutait pourtant pas de son génie, mais il craignait que le monde en marche le trahisse. Sa grande fierté, sa certitude, était d'avoir créé une nouvelle langue française, d'une époustouflante richesse, riche de tout son savoir encyclopédique. Ronsard, un simplificateur, un châtreur. Ronsard, Joachim Du Bellay, une affaire de mode parisienne... Mais que ces piqûres de guêpes étaient agaçantes !

Depuis qu'on l'avait vêtu en écolier, coiffé en page, Gilles oubliait qu'il était moine. Et comme il avait pris au Mans l'habitude de se laver, son odeur ne repoussait plus la femelle. A tel point qu'il s'égara dans le lit douillet de la dame poissonnière chez laquelle Rabelais l'envoyait acheter des harengs. Gilles ne sentait plus le cordelier, mais il sentit le poisson. Ce qui alerta son maître. D'autant plus qu'après les odeurs poissonnières, il rapporta dans la masure des relents d'épices, puis des fumets de viandes.

— Grand Dieu, s'écria Rabelais, tu as la puce à l'oreille ! Que ne choisis-tu pas une boulangère, tu sentirais le pain frais !

Gilles, honteux, se cachait la figure dans ses mains.

— Ne te trouble pas, petit frère. Ce qui est bon pour les papes ne peut être mauvais pour un moinillon. Toutefois, prends garde. Le chemin de l'amour est aussi dangereux qu'un sentier forestier. Sais-tu que les dames, plus que les ans, ont causé la mort de notre roi ? Et qu'il murmurait dans ses souffrances : « Dieu me punit, par où j'ai péché. »

— La vérole ?

— Oui, la vérole, petit frère. Ne crois pas ceux qui disent : qui n'a eu la vérole dans ce monde l'aura dans l'autre. Moi, je ne l'ai pas attrapée, la vérole, ni le cardinal qui, pourtant...

» Tu ne regardes jamais mes malades. Tu leur ouvres la porte et tu me les abandonnes. Observe-les, désormais. Lorsque tu en verras un qui n'a plus ni cheveux ni barbe, qui gratte ses pustules et ses ulcères, dis-toi que la vérole commence ses ravages dans ce corps, que la maladie va l'agripper par les génitoires et, comme en rampant, se traînera à l'intérieur des moelles, affaiblira les jointures et, finalement, cet être qui n'aura plus rien d'humain, deviendra quelque chose de si hideux que même les lépreux sont moins repoussants.

» Il n'y a pratiquement plus de lépreux, sinon en Bretagne, et les grandes pestes du siècle dernier ont

Le roman de Rabelais

disparu. Pourquoi faut-il qu'un nouveau fléau nous atteigne et nous terrasse ? Doit-on suivre ceux qui affirment que le Créateur, dispensateur de toutes choses, a voulu, dans son indignation, refréner la trop lascive, pétulante et libidineuse volupté des hommes, permettant qu'une telle maladie régnât sur eux, en vengeance et punition de l'énorme péché de luxure ? Mais si Dieu est dispensateur de toutes choses, ne l'est-il pas de la luxure, comme de la chasteté ?

En rappelant à Gilles les dangers de la sexualité, Rabelais s'effrayait lui-même. Dès ses débuts de médecin à Montpellier et à Lyon, il avait dû soigner tant de syphilitiques et les voir irrémédiablement mourir dans d'atroces douleurs, que la vérole, dont il lui arrivait de plaisanter, puisqu'il plaisantait de tout, le terrorisait. Née, à un an près, la même année que Rabelais, la vérole l'obsédera toute sa vie ; c'était la maladie du roi, de son roi tant aimé.

Depuis l'apparition de la vérole, la sexualité perdait de sa joyeuseté. Les syphilitiques étaient astreints à ne pas quitter leur maison, ou bien, expulsés des villes, s'enfermaient dans les anciennes léproseries.

A ses patients, Rabelais prescrivait la diète, des fumigations de mercure, des pilules d'aloès, du genièvre râpé, des décoctions de gaïac, de bois d'esquille et de salsaparrilla. Mais ce que les Italiens appelaient « le mal français » et les Français « le mal de Naples », ce que le peuple désignait par « le gros mal » et les latinistes par le *morbus Gallicanus*, Rabelais, pas plus que les autres médecins, n'arrivait à le guérir. La vérole était incurable, infecte et contagieuse. La vie licencieuse, qui avait gratifié les débuts du XVIe siècle d'un air de gaieté, avec sa liberté sexuelle pratiquée elle aussi comme un affranchissement des contraintes religieuses, l'amour folâtre chanté par le roi François, par Marot, cette libération des sens, ce culte nouveau des corps, culte hérité de l'antique, buta soudain sur la catastrophique vérole. Les plaisirs de la chair avaient été de bien courte durée. La chair se tuméfia vite, donnant raison à l'Église qui lui reprochait de n'être que pourriture. Contre la vérole, l'Église brandissait un remède souverain : l'abstinence.

Si Gargantua et Pantagruel forniquaient de géante façon, si ces deux héros de Rabelais étaient particulièrement paillards et lubriques, leur auteur observait plutôt une relative chasteté. Chaste moins par observance de ses vœux de prêtre, que par une peur de la femme qui tenait de sa vie précoce de moine. Il restait marqué par le célibat collectif du couvent, où la féminité, rejetée dans l'ombre, devient si mystérieuse qu'elle terrorise. Ne dispose-t-elle pas de pouvoirs magiques, dont celui d'enfanter ? Ne glisse-t-elle pas si facilement vers la sorcellerie ou l'hérésie ?

Toute sa vie, Rabelais vivra dans un univers masculin : celui des moines, des étudiants en médecine, de l'Église, des hommes de guerre au Piémont. La femme était interdite au prêtre, mais aussi à l'anatomiste. L'anatomie considérée par l'Église comme une science perverse. Pourtant Rabelais se passionna vite pour l'anatomie.

La passion du savoir était si grande chez lui, comme chez certains de ses collègues de Lyon, qu'ils risquaient la potence pour leur propre compte en allant la nuit décrocher des pendus. Ils les amenaient dans une salle de l'hôpital et exploraient méticuleusement les corps dont il fallait découvrir les mécanismes si l'on voulait pratiquer avec bonheur la chirurgie. Ne considérait-on pas le cœur comme le premier organe de la sensibilité, au détriment du cerveau et de la moelle épinière jugés indolores ? Rabelais devint expert dans la manière de fouiller les muscles de la paroi antéro-latérale de l'abdomen, d'ouvrir le péritoine, d'étudier les viscères, de disséquer le larynx, de vider et d'enlever les entrailles.

Il dessinait les muscles et les organes qu'il étudiait et les comparait à des objets usuels, afin que l'on puisse mieux comprendre leurs particularités. Il présentait le cœur comme une chasuble rouge, l'estomac comme un baudrier, les boyaux comme un filet de pêche, la langue comme une harpe, la colonne vertébrale comme une flûte, le crâne comme une gibecière, les côtes comme un rouet, les hanches comme un vilebrequin.

Mais la femme, les femmes, comment s'agençaient leurs corps si mystérieux, avec ces enflures des seins et des fesses, ce sexe comme un tiroir, une gueule, une chausse-trape ? Pas de femmes pendues, la pendaison des femmes étant considérée comme indécente. On brûlait les femmes coupables, ce qui éliminait toute possibilité de dissection. Impossible par ailleurs à un médecin d'assiter à un accouchement que, seules les sages-femmes pratiquaient. Sages-femmes placées sous l'autorité religieuse et qui prêtaient serment devant le curé de la paroisse. Un médecin trop curieux, qui s'était introduit sous un costume de sage-femme auprès d'une parturiente, n'avait-il pas été brûlé vif à Hambourg ? Cet interdit fait aux médecins d'approcher les accouchées aboutissait à des suppositions fantastiques. Rabelais, esprit pourtant scientifique, n'y échappait pas.

— Le corps des femmes est un curieux alambic, disait-il à Gilles. On a vu une belle jeune fille de Constance, engrossée par le diable, accoucher de clous de fer, d'os, de pierres, de cheveux. D'autres commères ont accouché d'un lapin, d'une souris, d'un lézard, d'un crapaud. L'objet le plus étrange du corps de la femme, mon pauvre Gilles, l'utérus, est une sorte d'animal avide d'engendrer et qui voyage à l'intérieur des chairs, glouton de semence. Cet utérus, biscornu comme un petit démon, cause l'insatiabilité et l'inépuisabilité des désirs sexuels de la femme.

» Le sexe de la femme est une bête imparfaite, sans foi, sans loi, sans crainte, sans constance. La femme est formée d'humeurs froides et humides, au contraire de l'homme, chaud et sec. La froideur et l'humidité signifient un tempérament inconstant, trompeur, rusé, où le bas, régnant sur le haut, conduit certaines mégères aux pratiques détestables de la sorcellerie.

» C'est pourquoi Jésus fut conçu sans péché, d'une mère demeurée vierge et, sans doute, sans utérus.

Luther, dans son commentaire sur l'Épître aux Hébreux, n'a-t-il pas écrit que la Vierge conçut le Christ par l'oreille, les oreilles seules étant les organes du chrétien. Luther, moine marié à une religieuse, et qui concluait de son hyménée : « Quel terrible despote que le cul ! »

Rabelais n'avouait pas à Gilles que l'interdiction jetée à la science de l'étude du corps féminin l'avait conduit à aller l'étudier sur place, c'est-à-dire dans la couche d'une dame lyonnaise qui lui donna un fils, Théodule. Il put donc observer à loisir les particularités du corps féminin, de la grossesse et des prémisses de l'accouchement. Lorsque le cardinal Du Bellay emmena Rabelais à Rome, ce dernier emporta Théodule, mais oublia la femme. Et il n'eut jamais d'autre concubine, terrorisé par le risque syphilitique. Le sexe de la femme, grotte des fées ou caverne du diable, il ne savait que conclure. Théodule, auquel le prêtre Rabelais évita d'attribuer le prénom d'un saint, mourut à l'âge de deux ans. Rabelais en fut si affecté, si chagriné, qu'il devint gynécophobe. La femme, dans son œuvre écrite, n'est représentée que sous les traits d'une ogresse. La géante Gargamelle, qui aime si souvent faire « la bête à deux dos », se goinfre de tripes, boit des tonneaux de vin, se complaît aux plaisanteries obscènes et enfante dans une inondation fécale son fils Gargantua.

Par ailleurs, on le sait, Rabelais vouait un culte pieux à la Dame à la licorne, à Marguerite de Navarre, aimée d'un amour courtois, amour courtois d'un autre temps, un peu anachronique chez ce progressiste, et qui le conduisait à supputer que Marguerite, malgré ses maternités, était peut-être exempte d'utérus, comme la Vierge Marie.

Il en était chez Rabelais de l'amour comme de la mangeaille. Il était goinfre, certes, mais pas comme l'en accusait le moine de Fontevrault ; seulement bâfreur de livres.

— Ne te laisse pas appâter par l'utérus, dit Rabelais au moinillon. Un hameçon s'y cache qui t'accrocherait rapidement. Crois-moi, la vraie finalité de l'homme est sa pensée. Les joies de l'étude, la satisfaction de connaître sont inépuisables. Mais tu es jeune, un peu folâtre, depuis qu'au Mans tu te coiffas en page. L'habit fait le moine. Seulement, je te le redis, je te le répète, attention à la vérole. Avant d'engager ton esquif dans le pertuis, regarde bien s'il n'y a ni récifs, ni bateau échoué, ni cadavre de baleine.

Tous les après-midi, Rabelais reprit ses habitudes. Il se rendait auprès du cardinal, s'inquiétait de sa santé. Il l'avait guéri de sa sciatique, mais la goutte, la goutte fatale à son frère Guillaume, enflammait ses articulations. Rabelais l'observait, qui se déplaçait dans le salon en boitant.

— Qu'avez-vous à me regarder ainsi ? s'agaça Jean Du Bellay.

— Je suis ce chien qui, toute sa vie, aura eu le privilège de pouvoir regarder un évêque.

Le roman de Rabelais

Le cardinal haussa ses maigres épaules.

— Vous savez, éminence, que je n'approuve guère le maigre du vendredi, ni le carême. Car demander à des pauvres gens qui jeûnent tous les jours de se restreindre encore plus à dates fixes est bien une idée d'ecclésiastiques qui n'ont jamais eu à se soucier de gagner leur pain. Mais pour vous, pour tous ceux qui trouvent quotidiennement leur table pleine, l'abstinence et le jeûne s'imposent. C'est seulement pour vous, gens d'Église et gens du monde, que ces lois diététiques ont été promulguées. Et vous ne les observez pas. Cessez de massacrer dans vos forêts ces animaux qui ne demandent qu'à vivre sauvages. Vous les dévorez et leur sauvagerie s'inocule dans votre corps, le bouleverse, l'indispose. Je vous regardais et vous voyais boiter. C'est la bête que l'on a tuée pour vous, et que vous avez inconsidérément mangée, qui boite avec votre jambe. Jeûnez, éminence, jeûnez, si vous voulez guérir. N'attendez pas le carême. Au temps du carême vous aurez peut-être besoin de vous restaurer. Toutes ces dates obligées sont absurdes. Le carême n'est qu'un maigre passe-temps. Fêtez carnaval tous les jours si bon vous semble, mais abstenez-vous de venaison. Pourquoi mangez-vous tant ? Et de si gros morceaux ? Jamais vous n'arriverez à croquer l'univers. Oui, je sais, je sais, vos cuisiniers ont le secret de sauces si friandes qu'elles permettent de savourer une savate !

— Vous voilà bien raisonneur, mon médecin.

— Non, éminence, ce n'était pas le médecin qui parlait, mais le franciscain.

Le roman de Rabelais

Souvent, dans le palais du cardinal, Rabelais rencontrait Joachim, toujours déférent, ployant le genou droit à son approche. Joachim lui parlait de son admiration pour Pétrarque. Et Rabelais, à l'évocation de Laure, pensait amoureusement à la Dame à la licorne.

Tout compte fait, ce Joachim était gentil, modeste et il honorait Rabelais sans ostentation. Dommage qu'il soit lié si intimement à Ronsard. Si intimement lié que Joachim ne pouvait s'empêcher de louer devant Rabelais, qui en grimaçait, le poète des *Odes*. Dommage aussi qu'il soit presque sourd, ce qui rendait les conversations difficiles.

Joachim ressemblait à Jean Du Bellay. Aussi maigre que lui et souffreteux. Un visage long et des yeux globuleux. Une toux un peu trop grasse inquiétait Rabelais. Comme on ignorait l'auscultation, les maladies pulmonaires demeuraient encore mystérieuses. Pline assurait que des excréments de lièvre, pris le soir en poudre, empêchaient de tousser la nuit. D'autres préconisaient l'ingestion de poumon de renard. Rabelais se méfiait de ces recettes, préférant ordonner à Joachim des inhalations de vapeurs aromatiques. Toutefois, Joachim toussait toujours et se desséchait à vue d'œil. Si son oncle mangeait trop, lui ne se nourrissait pas assez, ou se nourrissait mal, comme tous les gens de sa classe. Il lui aurait fallu des mets simples, des laitages, des fruits, des viandes rôties, du poisson bouilli. Mais les cuisiniers des riches ne savaient préparer qu'une cuisine compliquée et lourde.

Rabelais était parfois invité à dîner chez le cardinal. A de grands dîners où arrivaient de Paris des notables, d'élégantes dames, hommes et femmes rivalisant en toilettes extravagantes. La mode voulait que les habits se partagent en quartiers de couleurs et que les hauts-de-chausses soient blasonnés. Les chausses comportaient des crevés, entailles striées ou cannelées mettant en valeur une doublure d'une autre couleur. La braguette, attachée au haut-de-chausses par des aiguillettes ou des agrafes, servait de poche aux gandins, dans laquelle ils plaçaient de menus objets, voire des oranges ou autres choses grossissantes.

Rabelais s'approcha d'un bourgeois qui se tenait un peu à l'écart, intimidé par tout ce beau monde. Il le heurta familièrement du coude :

— Avez-vous remarqué les hypocrites braguettes de ces freluquets qui ne sont pleines que de vent, au grand dépit du sexe féminin ?

Le bourgeois fut si choqué de cette inconvenance qu'il poussa un cri. Mais il y avait un tel tumulte dans l'immense salle à manger que personne ne s'en aperçut. Rabelais riait sous cape. Il ne pouvait s'empêcher de plaisanter outrancièrement, aimait scandaliser et s'étonnait ensuite de sa fâcheuse réputation. Toute cette agitation l'amusait. Il souriait en observant les galants qui portaient des souliers en tissus de couleurs vives, exagérément pointus, avec des talons de bois très hauts qu'ils faisaient claquer pour attirer l'attention des belles.

Le bourgeois s'était glissé dans la foule des invités. Rabelais le rattrapa, le saisit par le bras, lui demanda ironiquement d'où il venait et quelle était sa profession.

— Maître bijoutier, pour vous servir.

— Oh ! Est-ce votre clientèle qui étale ici ses parures ? Compliments. Que de richesses ! Et comme ces dames sont pieuses qui attachent un chapelet à leur ceinture.

— De beaux chapelets aux grains d'ambre et de corail, dit le bijoutier.

— Le Pater Noster égrené sur de tels bijoux doit être agréable à Dieu.

Là, le bourgeois n'aperçut pas la moquerie. Il acquiesça et rejoignit le groupe des marchands, car on allait passer à table. Des valets présentaient des bassins d'eau parfumée afin que chacun se lave les doigts.

Rabelais, qui avait revêtu son habit de médecin, se plaça parmi les autres docteurs, reconnaissables à la forme de leur bonnet puisque la coutume voulait que l'on mangeât la tête couverte. Contrairement aux médecins, qui avaient un bonnet rond, les docteurs en droit étaient coiffés d'un bonnet carré. Quant aux docteurs en théologie, ils arboraient un capuchon à queue. Rabelais s'arrangea pour se placer assez loin de ces derniers.

Sur la table, devant chaque convive, il y avait un tranchoir sur lequel celui-ci coupait lui-même la viande, en petits morceaux qu'il trempait ensuite dans une sauce présentée à part dans une écuelle. Chacun se servait avec trois doigts, à part les pâtés qui se prenaient à la cuillère. Tous les plats étaient apportés par des valets et posés sur la table. Andouilles, saucisses, langues de bœuf, vinaigrettes, poulets bouillis aux laitues, canards à la dodine, butors à la broche, hachis de veau avec des jaunes d'œufs, fèves vertes fricassées, pois cuits en gousse, il y avait pléthore de victuailles. Rabelais, qui mangeait peu, s'amusait de la physionomie des bâfreurs, barbouillés de sauces, le teint violacé. La plupart des chapeaux d'hommes étant garnis de fourrures, il lui semblait voir une assemblée de carnassiers broyant de leurs mâchoires des ailes et des cuisses. Le cardinal se trouvait très loin de Rabelais, parmi les invités de haute noblesse qui parlaient si fort que l'on n'entendait qu'eux. Les dames, à tel point décolletées qu'elles découvraient leurs mamelles, agitaient leurs mains pour que l'on puisse admirer leurs bagues à rubis et saphirs, comme les anneaux d'or de leurs poignets. Joachim se trouvait placé entre deux demoiselles qui lui faisaient des agaceries. Il paraissait coincé, si maigre, coincé entre des formes opulentes et provocantes. Peut-être récitait-il à ses aguichantes voisines l'un de ses poèmes ? Oui, sans doute, car elles applaudirent.

On apporta la soupe, qui se servait à la fin des repas.

Lorsque le cardinal se leva, tout le monde s'empressa d'essuyer ses mains à la nappe et de quitter la table.

Rabelais s'aperçut alors que, derrière le cardinal, se

tenait un groupe de musiciens. Trois chanteurs se retiraient, qu'il n'avait pu entendre dans le brouhaha des convives, assis trop loin du maître des lieux. Un groupe de hautbois, flûte et luth s'avança et joua des airs de danse : branles, pavanes et gaillardes.

Joachim, qui s'était débarrassé de ses entreprenantes voisines, s'approcha de Rabelais :

— Avez-vous parlé de musique, dans vos livres ? Je ne me souviens pas...

— Non, pas de musique, répondit brusquement Rabelais.

Comme Calvin, il avait banni la musique, trop liée dans son esprit aux cérémonies religieuses interminables. La musique était trop papiste. Comme Calvin... Le souvenir de son ami, qui maintenant le rejetait, lui fouailla le cœur. Calvin avait expulsé de ses temples les musiciens, l'orgue, la polyphonie, les vocalises qu'il appelait des fredons papistes. Avait-il eu raison ? N'avait-il pas ainsi desséché le culte ? Ne s'était-il pas desséché lui-même ?

— Pourquoi pas de musique ? reprit Joachim.

— Pourquoi ? Peut-être n'y a-t-il pas de musicien dans ce siècle ; aucun en tout cas qui n'égale Érasme, Marot, Vinci !

— Je n'ai pas bien entendu, dit Joachim. Pourquoi Érasme ? Il n'était pas musicien.

Rabelais regardait Joachim et ses cheveux coupés très court, comme le voulait la mode, lui parurent si comiques qu'il se mit à rire.

— Ne vous moquez pas, reprit Joachim. J'ai l'oreille un peu faible. Pourquoi Érasme ?

— J'affirmais qu'aucun musicien contemporain n'égale Érasme, ni Marot.

— Janequin ?

Janequin, avec sa *Bataille de Marignan*, avait loué comme lui le roi François, premier du nom. Il avait mis en musique des poésies de Clément Marot. Mais aujourd'hui il oubliait Marot et offrait sa musique à Ronsard. Rabelais ne le lui pardonnait pas.

— Non, pas Janequin. Mais Luther, si vous voulez. Oui, Luther.

— Luther ? Je ne savais pas... Ou peut-être, encore, plaisantez-vous ?

— La chance des protestants allemands, c'est que leur maître était un moine flûtiste. Et non pas un juriste comme Calvin. Après la théologie, professait Luther, c'est à la musique que l'on doit les plus grands honneurs. Il considérait la musique comme un superbe don de Dieu, qui pouvait chasser le diable et rendre les gens heureux. Il a inspiré le style des premiers chorals de sa liturgie, puisant dans la musique du peuple...

— J'ai toujours pensé, mais n'en ai rien dit, que vous montriez beaucoup d'affinités avec Luther. Le peuple, sa langue, sa truculence, son irrespect ont été pour vous, comme pour lui, votre terreau...

— N'en dites toujours rien, Joachim. Laissons Luther où il est. Mes soucis avec Calvin me suffisent.

Dans sa masure, tous les matins, à l'aube, à la lueur d'une chandelle, Rabelais se remit à écrire. Pantagruel enfantait un quatrième livre.

La plume d'oie crissait sur le papier. On n'entendait au-dehors que les roues des charrois matinaux. Pas de parlotes, pas de crieurs des rues. Les veilleurs ne hurlaient plus les heures puisque la nuit s'éclaircissait. Rabelais aimait cette paix du petit matin. Il se levait toujours très tôt, habitude de moine et de médecin (à Lyon, du quartier Saint-Nizier, où il logeait, il partait à cinq heures pour se rendre à l'Hôtel-Dieu). Ces derniers temps, il avait consacré ces débuts de matinée, avant que n'arrivent les malades, à la lecture. Et puis, après ce grand repas chez le cardinal, après cette discussion sur la musique avec Joachim, il s'était donc remis à écrire. Il n'en avait rien dit au cardinal. Il écrivait pour son plaisir. Sans répondre à un ordre. Il s'était obstiné à refuser de reprendre la plume, comme le lui demandaient Du Bellay, le roi, Philibert. Et maintenant il écrivait, en secret. Peut-être même ne publierait-il jamais ce manuscrit. Chaque publication lui causait tellement d'ennuis !

Il se relut et ce qu'il lisait le stupéfia :

« Matagots, cagots et papelars, maniaques pistolets, démoniaques Calvins imposteurs de Genève... »

Ainsi, il flanquait dans le même sac papimanes et calvinistes.

La colère, l'indignation le saisissaient de nouveau.

Le roman de Rabelais

Oui, il fouaillerait les papimanes qui confondent la religion avec la puissance politique et économique de l'Église; qui font passer les règlements du droit pontifical avant les préceptes de l'Évangile. Oui, il fouaillerait les calvinistes qui finiront par supprimer Dieu en l'obligeant par des ruses et des rites à entrer à leur service. Pour Rabelais, il n'avait jamais été question de détruire le catholicisme, comme le tentaient Luther et Calvin, mais de restaurer l'esprit évangélique dans toute sa simplicité, à l'exemple de François d'Assise. On s'était trompé sur son compte, croyant qu'il choisissait, en trop docile humaniste, la Raison contre la Révélation. Pas du tout. La Révélation, par son entreprise philosophique, devenait raisonnable. Nourri d'évangélisme, il avait été le témoin d'un glissement de l'évangélisme à l'impiété, qu'il dénonça. Il n'aimait ni le pape, ni les antipapes. Il avait aimé Luther rebelle. Il le détesta lorsque, chef d'une nouvelle Église, celui-ci approuva le massacre des anabaptistes, lorsqu'il encouragea la noblesse allemande à écraser les paysans révoltés au nom du Messie. Il avait aimé Henry le huitième, roi d'Angleterre, lorsque celui-ci conclut une entente avec le roi François (entente forgée par Jean Du Bellay, sur ses conseils, à lui, Rabelais, et pour que les deux rois puissent affronter l'empereur et le pape). Il le détesta lorsqu'il s'imposa, lui aussi, comme chef d'une nouvelle Église, lorsqu'il fit décapiter Thomas Morus, l'ami d'Érasme, lorsqu'il fit découper vifs, pendre, écarteler ses sujets qui n'acceptaient pas le schisme leur arrachant de surcroît les intestins. Il avait aimé

Calvin lorsque, tout jeune homme, celui-ci étudiait le grec et l'hébreu à Orléans, lorsque, fuyant l'Inquisition, il se réfugia chez Marguerite, la Dame à la licorne, lorsqu'il publia à Bâle l'*Institution de la Religion chrétienne* et qu'il dédia le livre au roi François, lorsqu'il adopta pour ses offices le psautier de Clément Marot. Il le détesta lorsqu'il s'en prit à ce qu'il appelait la secte des libertins, c'est-à-dire aux Du Bellay, à Dolet dont il approuva la condamnation; lorsqu'il devint lui-même inquisiteur et bourreau, exécuteur de Gruet à Genève, Gruet coupable d'écrits soi-disant injurieux.

En réalité, il reprochait aux trois réformateurs : Luther, Henry VIII et Calvin, d'avoir trahi leur révolte, de s'être transformés, eux aussi, en hommes du pouvoir. Rabelais était persuadé qu'une malédiction s'attachait au pouvoir, que ce pouvoir soit politique ou religieux, que tout pouvoir émanait du diable. La preuve n'en était-elle pas dans cette révolution des Réformateurs qui se heurta, dès qu'elle fut accomplie, aux pièges du pouvoir, à cette malédiction qui ne cessait de poursuivre les fils de Caïn. Cette révolution des Réformés, détournée de son cours, falsifiée dans le sang de nouveaux martyrs, dans la cendre de nouveaux bûchers, pour Rabelais quelle amère désillusion ! Le protestantisme, qui ne protestait plus, était pour le vieil évangéliste un immense espoir déçu.

La plume de Rabelais grattait le papier rêche. Il écrivait :

Le roman de Rabelais

« Vous êtes dûment averti, Prince très illustre, de combien de grands personnages je suis continuellement requis et importuné pour donner continuité aux mythologies pantagruéliques... Mais la calomnie de certains cannibales, mysanthropes, avait été si atroce et déraisonnée qu'elle avait vaincu ma patience et que j'avais décidé de ne plus écrire un iota. L'un des moindres reproches dont ils usaient disait que de tels livres étaient tous farcis d'hérésies diverses (n'en pouvant toutefois exhiber une seule en aucun endroit). Des folâtries diverses, oui, hormis l'offense à Dieu et au roi... »

Dans le parc du château de Saint-Maur, moins prodigue en beaux arbres que celui de l'évêché du Mans, mais tout de même si agréable à parcourir, avec ces vestiges des fouilles de Rome émergeant au milieu des buissons, ces colonnes tronquées, ces Adonis sans bras, ces chapiteaux installés sur l'herbe rase, Rabelais aimait musarder, seul ou en compagnie du cardinal.

Ce jour-là, Jean Du Bellay, l'œil pétillant, le félicita de s'être remis à écrire.

— Comment pourriez-vous le savoir... Je ne suis pas écrivain public. Je ne suis pas comme ces poètes à la mode qui, aussitôt composée une chanson, la déclament à leur fenêtre. J'ai toujours fait mes petites saletés dans un cabinet fermé, sans témoin. Après je nettoie tout et je m'en vais, très propre.

— Votre visage, ami François, proclame que vous écrivez. Il a perdu cet air sombre qui m'affligeait. Vous ne marchez plus, les yeux fixant le sol, comme un vieillard. Vous vous êtes redressé. Vous avez repris votre allure conquérante. Tout, dans votre maintien, proclame que l'écrivain Rabelais s'attaque au Quatrième Livre.

— Je ne vous ai jamais rien caché, éminence. Et je vois qu'il me serait difficile de vous dissimuler quoi que ce soit.

— Joachim me dit que Calvin vous cause beaucoup de soucis. La politique antipapiste du roi ne justifiera son gallicanisme que si elle se démarque des huguenots. Genève devient une autre Rome. Ni Rome ni Genève, telle est la conduite que nous entendons suivre. Calvin vous témoigne suffisamment d'aigreur, vous calomnie, pour que vous n'ayez plus aucune indulgence à son égard.

— Je n'en ai plus, bougonna Rabelais. Mais c'est le cœur contrit.

— Des lettrés vous présentent comme un nouvel Homère. Notre Homère ! *Gargantua* serait notre *Iliade* et *Pantagruel* notre *Odyssée*. Moi je place votre œuvre bien plus haut. Je la considère comme un nouvel Évangile. Calvin l'avait bien compris lorsqu'il vous flattait de ses compliments. Oui, votre œuvre est l'Évangile des Temps Nouveaux. Mais un Évangile incomplet. Tout me porte à croire que vous lui donnerez sa conclusion logique. Comme le souhaite le roi.

— L'Évangile ! Votre amitié, éminence, vous conduirait au blasphème. Ne m'accablez pas sous de telles comparaisons...

— Quand me lirez-vous la suite de *Pantagruel* ?

— Maudite suite, en vérité. J'ai grand-peur que toute cette entreprise soit semblable à la farce du pot de lait, par laquelle un cordonnier se faisait riche par rêverie ; puis, le pot cassé, il n'eut de quoi dîner.

9.

La foule qui se pressait tous les matins devant la masure de Rabelais ignorait que ce savant, quelque peu devin, particulièrement guérisseur, fût aussi un auteur de livres, sinon de ces almanachs que vendaient les colporteurs.

On interrogeait donc souvent Rabelais sur l'avenir, le confondant avec un diseur de bonne aventure. Comme il considérait que les événements futurs étaient imprévisibles, et que les astres se souciaient aussi peu des rois que des gueux, il se moquait des prévisions astrologiques. Et à ceux qui insistaient, il répondait :

— Cette année les aveugles ne verront que bien peu, les sourds entendront assez mal, les muets ne parleront guère, les riches se porteront un peu mieux que les pauvres, et les gens en bonne santé que les malades.

Certains de ses solliciteurs repartaient en se disant que le bonhomme était un sage ; d'autres demeuraient bouche bée, incrédules ; un petit nombre s'offusquaient et le traitaient de charlatan.

Il approuvait ces derniers, les félicitant de leur

perspicacité qui était telle qu'il ne voyait pas pourquoi ils sollicitaient les avis d'une pauvre créature comme lui, condamnée à écrire des almanachs pour se faire un peu d'argent. Et il est bien vrai que les seuls livres qui lui rapportaient quelques écus étaient ses almanachs.

— Vous vous gaussez de l'astrologie, lui disait Gilles, et pourtant vous croyez aux astres comme à des êtres vivants.

— Comment ne pas croire aux présages que nous envoient les astres, comme ceux qui m'annoncèrent la mort de Guillaume Du Bellay ?

» Si Cicéron refusait de ranger les éternuements parmi les présages, nos docteurs sorbonicoles ne s'interrogent-ils pas pour savoir lequel des côtés du corps, le gauche ou le droit, est le plus favorable aux présages... Quant au grand Thomas d'Aquin n'a-t-il pas professé que les anges et les démons peuvent communiquer aux hommes des révélations ? Tout cela signifie que la raison n'explique pas tout et qu'il reste des zones obscures où l'homme ne peut avancer qu'à tâtons.

» Comment croire, comme le chanoine Copernic, que la Terre tourne autour du Soleil et non l'inverse ? La science est aussi déraisonnable que les songes. Car n'est-ce pas insensé que de se tenir debout sur une boule ronde qui tourne sans fin sur elle-même ?

— Maître, rétorqua Gilles, vous avez puisé votre sagesse chez les auteurs antiques : Héraclite le pessimiste... Démocrite le rieur...

— Mais eux aussi se sont complu parfois dans des

croyances bizarres. Les savants de l'Antiquité ont soutenu que les oiseaux volent grâce à la vapeur d'eau qui les soutient en l'air ; que les corneilles vivent neuf fois plus longtemps que les hommes ; que les vipères meurent en mettant bas leurs petits ; que les crises de folie se multiplient au moment où fleurissent les fèves... Si les grands esprits de la Grèce et de Rome ont pu se tromper aussi grossièrement, qu'en est-il de nos croyances, et tout particulièrement du mystère de l'âme, ma petite âme, ma petite âme qui aspire tant au repos ? Mais qu'en est-il du repos de l'âme, du voyage de l'âme après la mort du corps, de l'hypothétique éternité de l'âme ?

Les visiteurs de Rabelais ne l'interrogeaient jamais sur leur âme. Toujours sur leur corps. Ou, à la rigueur, sur la manière d'obtenir que l'âme, dans le sommeil, conduise à des songes célestes.

— L'âme ne peut contempler le passé et le futur qu'une fois la digestion terminée, leur répondait Rabelais. Donc, pour être à même de bénéficier des plus beaux songes, abstenez-vous, au souper, de manger des fèves (toujours ces maudites fèves, productrices de coliques dans le ventre et de folie dans le cerveau !), des choux, des viandes. Mangez plutôt de bonnes poires, des pommes, quelques pruneaux de Tours et buvez seulement une belle eau de fontaine. Alors, quand votre corps dormira, puisque ce corps n'aura plus besoin de votre âme jusqu'au réveil, cette âme se distraira en revoyant sa patrie qui est le ciel.

Mais les visiteurs, les solliciteurs, ne poussaient pas leurs questions plus loin, sujet trop dangereux qui menait au bûcher. Ils savaient que certains magiciens se flattaient de réussir à faire réintégrer les âmes dans les corps qu'elles avaient quittés, à l'aide d'herbes et d'onguents. Le médecin Rabelais, si habile dans les infusions de plantes, en était-il capable ? Personne n'osa le lui demander, sauf Gilles qui fut vivement rabroué.

Tard, le soir, Rabelais revint néanmoins sur ce sujet avec le petit moine, lui rappelant que pour Galien il existait trois sortes d'âmes :

— L'âme naturelle des végétaux, l'âme sensitive des animaux, l'âme intellective de l'homme. Les âmes végétatives des plantes et sensitives des animaux naissent et meurent avec eux.

— Comment le sait-on, maître ? Et pourquoi l'âme de l'homme ne meurt-elle pas ?

— Je crois, mais ce n'est qu'une croyance intime, qui parfois vacille, que toutes les âmes intellectives sont exemptes des ciseaux d'Atropos et que l'âme a été mise en l'homme par Dieu, comme un hôte. Hippocrate a décrit le voyage de l'âme quittant le corps. Placée au-dessus de l'ombilic, elle remonte vers le diaphragme lorsque l'humide est entièrement consumé. Puis, soit par les chairs, soit par les soupiraux de la tête qui servaient à l'entretien de la vie, elle s'échappe de sa demeure corporelle, abandonnant pour jamais le froid simulacre de l'homme.

— Je ne prétends pas réfuter Hippocrate, reprit le petit moine, mais comment savait-il les péripéties d'un tel voyage ? Il a écrit cela avant d'être mort lui-même, et non pas après.

— Te voilà bien raisonneur. Je te dis ce que je crois. Je ne te dis pas ce dont je doute. Clément Marot m'a raconté que Marguerite de Navarre, ma chère Dame à la licorne, si pieuse, si croyante, épiait le dernier soupir de ses domestiques pour voir si la sortie de leur âme serait accompagnée d'un bruit ou d'un sifflement...

— Et qu'a-t-elle entendu ?

— Rien. Mais peut-être a-t-elle guetté au mauvais orifice. Le dernier souffle de vie ne s'exhale pas seulement par la bouche. Elle a négligé le pet de la mort. Alors que nous ignorons si l'âme ne s'envole pas dans un vent foireux !

La rédaction du *Quart Livre des faits et dits héroïques du bon Pantagruel* accaparant de plus en plus Rabelais, qui n'aimait pas être coupé dans son inspiration, qui aurait même volontiers fermé sa porte le matin aux solliciteurs, mais il en serait résulté une émeute, cette rédaction, dis-je, le priva de ses après-midi chez le cardinal. Celui-ci comprenait parfaitement cette retraite et ne la troublait pas. Il pensa néanmoins qu'il serait bon de communiquer au moine-médecin une nouvelle diatribe de la Sorbonne. Jean Du Bellay s'étant empressé d'informer Henri II que Rabelais s'était remis à écrire, le bruit en était parvenu aux théologiens qui réagissaient par anticipation.

Rabelais lut le billet que lui apporta un prêtre, secrétaire du cardinal :

« Plusieurs diables s'étant logés dans le corps de ce pauvre homme, ce n'est donc pas lui, mais une légion de diables qui ont vomi toutes les abominations dont ses ouvrages sont remplis... »

Il n'alla pas plus loin, déchira la missive et jeta les morceaux de papier dans la cheminée. Donc la Sorbonne lui trouvait des excuses. Mais comment détruire ces diables dont son corps était soi-disant infesté, sinon en y mettant le feu ? En mettant aussi le feu à ses livres. Quelle rage de brûler, de réduire en cendres et les corps et les esprits qui animent les livres ! Les catholiques brûlaient les bibles en français. Les calvinistes brûlaient les missels et les bréviaires. Le feu ne cessait de s'allumer sur les places publiques. Quant au pape et à Charles Quint-Picrochole, ils eussent bien mis le feu à la France tout entière, s'ils l'avaient pu. Et cela, bien sûr, au nom de Notre-Seigneur Jésus-Christ. Qu'en un autre temps ils eussent crucifié !

La rage de détruire au nom de la religion ne cessait d'obséder et d'étonner Rabelais. Que l'on prenne les armes pour conquérir un territoire, ou le défendre, passe encore. Mais que l'on brandisse l'épée au nom de l'Eucharistie, des saintes reliques, de saint Paul ou de saint Pierre, de la virginité de Marie, du latin ou de la langue populaire, de l'immortalité de l'âme, de la prédestination, des vertus théologales, etc. lui paraissait relever de la démence la plus extravagante.

Et pourtant, c'était au nom de ces abstractions, de ces visions, de ces fantasmes, de ces spéculations, que l'on perçait ou coupait la langue de ceux que l'on appelait des blasphémateurs, que l'on tranchait les mains de ceux que l'on appelait des profanateurs, que l'on étripait ceux que l'on appelait des traîtres, que l'on rouait, pendait, brûlait.

Aucune dissimulation, aucun repentir rusé, chez ces prévenus. Rabelais échappa vingt fois au châtiment en jouant à l'étonné, en bouffonnant, en disant que tout ça c'était pour rire. Clément Marot accepta d'abjurer le protestantisme en une grande cérémonie lyonnaise. L'un et l'autre échappèrent à la torture et à la mort infamante en se reniant. Mais qu'importaient, que leur importaient ces reniements qui n'étaient que vaines paroles, aussi vaines que les accusations dont ils étaient l'objet. Par contre les croyants, les vrais croyants, qu'ils soient papistes, luthériens ou calvinistes, rien ne pouvait les détourner du chemin utopique qu'ils prenaient. Rien. Au cardeur Leclerc, de Meaux, qui se proclame luthérien, on coupe d'abord les poings, puis on lui arrache le nez, on lui tenaille les bras, on lui brûle les seins et, pendant ce temps, il crie des psaumes qui épouvantent ses bourreaux. Le prédicant picard Aymon de La Voye, arrêté à Sainte-Foy-la-Grande est torturé, traîné sur une claie jusqu'à la porte de la cathédrale Saint-André de Bordeaux et, invité à faire amende honorable, clame des versets de la Bible. On le brûle. On brûle Guillaume Boyer, prêtre, « avec ses livres réprouvés ». On torture, on pend, on grille des centaines, des milliers de gens qui chantent dans leurs supplices, qui louent Dieu et qui ne tentent pas d'échapper au martyre.

Le roman de Rabelais

Puisque le monde est fou, se disait une fois de plus Rabelais, feignons d'être bateleur, prenons tout à la farce, soyons pitre.

La plume d'oie crissait sur le papier, faiblement éclairé par une chandelle vacillante. Rabelais écrivait :

« — L'avez-vous vu, gens de passage, l'avez-vous vu ?
— Qui ? demanda Pantagruel.
— Comment, gens d'ailleurs, ne connaissez-vous pas l'Unique ?
— Seigneurs, dit Épistémon, nous n'entendons pas de tels termes. Expliquez-nous, s'il vous plaît, de qui vous parlez.
— C'est celui qui est. L'avez-vous jamais vu ?
— Celui qui est, répondit Pantagruel, par notre doctrine théologique est Dieu. Et en un tel mot se déclara à Moïse. Jamais certes nous ne le vîmes. Il n'est pas visible à l'œil corporel.
— Nous ne parlons pas de ce Dieu qui domine dans les cieux. Nous parlons de Dieu sur terre. L'avez-vous vu ?
— Sur mon honneur, ils parlent du pape ?
— Oui, oui, répondit Panurge, oui, messieurs j'en ai vu trois, mais je n'ai guère eu de profit à les voir. »

Rabelais se remémorait les deux papes, les deux papes successifs, qu'il avait vus à Rome lorsqu'il se trouvait dans la suite du cardinal Du Bellay. Il écrivait trois papes parce que son art exagérait toujours, qu'il grossissait tous les traits, amplifiait les aventures, parce qu'il était un caricaturiste, un peu hâbleur. Il n'avait vu de ses propres yeux que deux papes, soit, mais qui avait eu ce privilège ? De toute manière, depuis sa naissance, sept papes s'étaient assis sur le trône de saint Pierre et leurs excentricités défrayèrent suffisamment la chronique des scandales pour qu'il s'en approprie au moins trois.

Lorsque Rabelais arriva à Rome, en 1534, en compagnie de Jean Du Bellay qui n'était encore qu'évêque de Paris et ambassadeur de François Ier, le pape Clément VII, brisé par le sac de Rome opéré par les lansquenets de Charles Quint, était moribond. Jean Du Bellay crut pouvoir arracher à ce vieillard timide et irrésolu son chapeau de cardinal. Pour accélérer cette promotion, il rédigea lui-même une lettre de recommandation qu'il demanda au cardinal de Lorraine de faire signer au roi. François Ier ne refusait rien aux Du Bellay. Il signa. Clément VII répondit favorablement. Il répondait toujours favorablement à tout le monde et ne tenait aucune promesse. Il ne tint pas non plus celle-là puisqu'il mourut inopportunément.

Tout était à recommencer avec son successeur. Rabelais admira avec quelle maestria Jean du Bellay menait sa propre diplomatie qui coïncidait d'ailleurs honnêtement avec celle du roi, ou le contraire. Puisque Clément VII avait été à la merci de Charles Quint, son successeur devrait être délivré de cette tutelle et se tourner du côté du roi de France. Jean Du

Le roman de Rabelais

Bellay misa sur le cardinal Alexandre Farnèse, lui promit (et obtint) l'appui de François Ier et, en échange, Farnèse s'engagea à promouvoir Du Bellay cardinal s'il accédait au trône pontifical. Mais devenu pape sous le nom de Paul III, l'ex-cardinal Farnèse s'aperçut qu'il devait caser sa propre famille. Rien de plus exigeant que les bâtards. De ses deux fils, Pier Luigi, qu'il nomma duc de Parme, était le plus encombrant. Fort heureusement Charles Quint, auquel Pier Luigi offrit ses services de spadassin et qu'il trahit, le fera assassiner.

Rabelais revoyait avec répugnance la figure maigre, les mains décharnées et la longue barbe grise de Paul III. Il avait l'aspect d'un vieillard faible et épuisé ; mais c'était un faux vieillard. Sa prudence le faisait parler très lentement et d'une voix extrêmement basse. Il feignait de plus de s'exprimer difficilement en latin.

Ce sexagénaire, de santé défectueuse, élu pape à l'unanimité parce que les cardinaux étaient persuadés de la brièveté de son règne, tint solidement la tiare sur sa tête pendant quinze ans.

Du Vatican, il fit une cour mondaine. Mécène de Michel-Ange auquel il confia l'achèvement du palais Farnèse, sur la rive gauche du Tibre, ainsi que la coupole de la basilique Saint-Pierre et les fresques de la chapelle Sixtine, ce pape retors, aux colères rentrées, exaspérait Rabelais, peu sensible aux travaux des peintres et des sculpteurs dont s'enorgueillissait Rome. Il se scandalisait que Paul III eût osé placer dans un lieu sacré, et comme étant celui de la

Madone, le portrait de sa sœur Giulia, dite Giulia Bella, maîtresse préférée du pape Borgia Alexandre VI. D'ailleurs, disons-le, Rabelais détestait ces peintres qui envahissaient les palais et les églises de leurs madones immaculées. Les toiles de Raphaël, dans les loges du Vatican, le mettaient particulièrement en fureur. Il disait à Jean Du Bellay :

— Où avez-vous vu des beautés comme celles-là ? Pas un bouton sur le visage, pas un bec-de-lièvre, pas une lèvre gercée. Un mensonge. Tous ces peintres sont des menteurs. Ils flattent leurs maîtres en représentant un monde qui n'existe pas. Un monde rassurant, parfait, tranquille. Et pendant ce temps-là on étripe, on viole, on écartèle, on brûle. Le monde est laid, éminence. Il est sale. Il pue. Il saigne. Il n'y a pas une seule vierge au Vatican où le pape et les cardinaux copulent à qui mieux mieux. Et sur les murs on ne voit que des portraits virginaux. Mensonge ! Les peintres mentent. Tout n'est que mensonge dans cette pétaudière papale.

Rabelais n'avait pourtant pas connu les papes les plus infâmes : Jules II dont la cour fastueuse choqua le moine Luther à tel point, lorsqu'il vint à Rome en 1510, qu'il ne décoléra plus, jusqu'à la révolte ; Léon X, son successeur, qui dilapida le trésor pontifical par des dépenses fastueuses et accorda des indulgences pour renflouer ses finances, ce qui conduisit finalement Luther au schisme ; Adrien VI enfin, pour l'élection duquel deux cents personnes périrent en quinze jours. Ce Borgia qui acheta toutes les voix du Sacré Collège, promettant d'augmenter les revenus des cardinaux déjà pourvus chacun des loyers d'une vingtaine d'abbayes, malgré sa très belle maîtresse et ses quatre enfants, montrera beaucoup de pudibonderie devant les nus du Vatican, fermera la porte des antiques et gardera la clef dans sa poche.

Une telle pudibonderie, fréquente chez tant de prélats menant une vie dissolue, conduisait Rabelais dans cette voie de l'obscène qui était chez lui une manière de cracher au visage des puissants.

La plume d'oie crissait sur le papier. Rabelais écrivait, l'œil malicieux :

> « Ils s'agenouillèrent devant nous et voulurent nous baiser les pieds. Ce que nous ne voulûmes pas leur permettre, leur remontrant qu'au pape, si par bonne fortune il venait en personne, ils ne sauraient faire davantage.
> — Si, entre nous c'est déjà résolu. Nous lui baiserions le cul et les couilles pareillement. »

Rabelais s'acharnait à démontrer, de page en page, que papimanie était idolâtrie. Il ridiculisait les « nouveaux diables enjuponnés ». Mais il s'attaquait aussi à Calvin et, par là même, aux protestants. Comme Henri II... Comme Henri II, aurait dit le cardinal Du Bellay. Enfin rallié, Rabelais l'indocile ! Rallié à la guerre que le roi faisait à l'Italie contre le pape. Rallié aussi à la croisade antiprotestante de Henri II. Car le roi, pour que les protestants ne puissent penser, au vu de cette guerre antipapale, qu'il allait se retirer de l'Église, requérait la peine de mort contre tous les hérétiques du royaume et la confiscation de leurs biens distribués à leurs dénonciateurs. Quelle avalanche de dénonciations pour une telle aubaine !

Rabelais réprouvait ces mesures, mais en attaquant Calvin il les justifiait. Sa révolte contre les fanatismes rivaux des catholiques et des protestants l'amena à faire l'éloge de cet Henri II que, pourtant, il n'aimait pas :

« — Notre roi Henri, si bon, si vertueux, si béni des cieux (veuille Dieu nous le garder longtemps)... »

La plume d'oie s'enfonça dans le papier, qu'elle troua. Une grosse tache laissa l'écrivain songeur. Il eut envie de biffer la phrase. Puis il se souvint que Jean Du Bellay avait arraché au roi le privilège de publier ce Quatrième Livre, malgré l'hostilité de la Sorbonne. En bon homme de lettres, Rabelais se crut obligé de s'aplatir devant le monarque. Le cardinal ne lui en demandait pas tant ; n'avait-il pas obtenu ce qu'il voulait : l'approbation de la politique qu'il faisait suivre au roi, par son « conseiller », ami et médecin.

Rabelais, qui pensait son œuvre tarie, s'exaltait en voyant les pages et les pages qui se couvraient de sa rude écriture. Beaucoup d'autres humanistes avaient abandonné la poursuite de leurs ouvrages sans cesse attaqués, interdits, bafoués. La persécution finit par trahir l'invention, par la rendre vaine. Que l'invention soit revenue, que l'interdiction de publier ait été levée en même temps par ordre du roi, redonnait au vieux Rabelais un air de jeunesse.

Merveilleuse chose que l'écriture qui attrape les mots au vol, les assemble. Rabelais s'enivrait à tel point de la chanson des mots, qu'il lui arrivait d'en faire d'hallucinantes accumulations, comme lorsqu'il alignait les cent soixante-dix-sept parties du corps, les deux cent cinquante-trois choses bonnes à manger, du pain blanc aux artichauts, en passant par les lamproies à la sauce, toutes les viandes, tous les poissons, tous les coquillages, tous les brouets, toutes les salades. Mais, là encore, le moine prêcheur du Poitou réapparaissait.

Car les listes interminables dont Rabelais aimait truffer ses livres, l'exagération des nombres, avec une abracadabrante précision dans les chiffres, tout cela il le reprenait des procédés habituels aux cordeliers qui, dans leurs sermons, assenaient des dénombrements farfelus comme une soi-disant vérité religieuse : les mille trois cents pas du Christ sur la Voie douloureuse jusqu'au Calvaire, où cent quatre-vingt-dix mille personnes le suivirent ; les cinq mille quatre cent soixante-quinze plaies du corps de Jésus ; les quarante-sept mille gouttes du sang divin qui tombèrent à terre.

Et la répétition lassante des défécations, déjections, excrétions, chiasses, étrons, bouses, crottes, fientes et immondices divers, dont il barbouille ses paragraphes avec une jubilation puérile, c'est encore à la vie monastique qu'elle renvoie.

— Le froc et la cagoule attirent les opprobres, les injures et les malédictions du monde, disait Rabelais à Gilles. Rien de plus vrai ! La raison péremptoire en est qu'ils mangent la merde du monde, c'est-à-dire les péchés, et on les rejette dans leurs couvents et abbayes comme mâchemerdes, séparés ainsi de la conversation politique comme le sont les latrines d'une maison.

Merveilleuse chose que l'écriture ! La culture du moine et du médecin Rabelais était latine. Il avait été façonné pour penser, parler, écrire en latin. Or il s'évertuait à écrire dans une langue immature, une langue en gésine, la langue verbeuse des paysans, pleine d'incidentes, d'explications, de détails pratiques ou saugrenus. A cet idiome, il entreprenait de fournir un lexique, une syntaxe. Écrire en langue ordinaire, populaire, dans un esprit d'égalité entre les hommes... Et puisque le monde est fou, puisque le fou se moque du fou, que le plus fou des deux est celui qui rit le plus fort, puisque la plus grande des sagesses est de paraître fou, Rabelais mettait le monde à l'envers. Il plaçait la charrue avant les bœufs, faisait tondre le berger par la brebis, reléguait les dames altières à la place des servantes, attelait le marquis au carrosse, revêtait l'épouse d'une cuirasse et confinait le mari à la quenouille, donnait licence aux lièvres de poursuivre les chiens, aux souris de harceler les chats, aux oiseaux de construire leurs nids dans l'eau, aux poissons de grimper dans les arbres, à l'âne de se servir du meunier comme jument.

L'envers vaut l'endroit. Et qui est à l'envers ? Le monde des fous ou le nôtre ? Et qui est fou ? Qui est sage ?

Merveilleuse chose que l'écriture et merveilleuse chose que l'imprimerie qui divulgue les mots, les réunit en brochures, en livres. Rien d'étonnant que Beda, lors de l'affaire des Placards, ait obtenu du roi l'interdiction définitive d'imprimer des livres. L'imprimerie était un instrument civil contre le pouvoir religieux. La Sorbonne l'avait bien compris. C'était un instrument de divulgation des langues populaires contre le latin, un moyen de répandre le savoir détenu par les couvents et les universités. L'interdiction avait été levée grâce au crédit des Du Bellay auprès de François, premier du nom. Et les livres s'étaient répandus comme une grande marée. Grâce surtout aux imprimeurs de Lyon.

Bien avant d'avoir reçu son diplôme de docteur en médecine, Rabelais quitta Montpellier pour Lyon, la cité des livres. A Lyon, sa vie bascula définitivement du côté des humanistes. C'est Étienne Dolet, correcteur dans l'imprimerie de Sébastien Gryphe, qui introduisit Rabelais dans la vie lyonnaise. C'est Étienne Dolet qui amena Rabelais dans l'atelier de Gryphe, à un angle de la rue Mercière, dans un quartier consacré aux herbes et aux fleurs. Fréquenter chez Gryphe permettait d'entrer dans les cercles lyonnais et de connaître ce qui apparaissait de nouveau en France, aux Pays-Bas, en Italie et dans cette Allemagne luthérienne dont Gryphe était originaire. Les imprimeurs, d'abord commerçants, publiaient en priorité des livres d'heures, des almanachs, des recueils de sermons, des romans de chevalerie, des récits de découvertes. Étienne Dolet convainquit rapidement Rabelais que les humanistes devaient tenter de récupérer l'imprimerie à leur profit.

Mais contrairement à Dolet qui s'efforçait de persuader les imprimeurs d'éditer des livres de belles-lettres, de science, d'histoire, de droit, de poésie, Rabelais conçut l'idée tout à fait originale de détourner, au profit de l'humanisme, les livres qui se vendaient le mieux. La première édition de *Pantagruel* ressembla donc, par son format et sa typographie, aux parodies des romans de chevalerie. Le nom de Pantagruel lui-même fut un moyen d'attirer les lecteurs populaires qui connaissaient bien le petit démon Pantagruel, génie des affres de la soif, issu de la tradition médiévale. Par son aspect, par son style, par le fantastique du récit, Rabelais se proposa de happer le lecteur qui ne mettait jamais le nez dans les livres sérieux et de lui ingurgiter de force les idées révolutionnaires des humanistes. En même temps, les livres populaires qu'il rédigea étaient des livres à clef, des livres à secret pour les érudits. Contrairement à Étienne Dolet qui abattait sans ménagement ses cartes, ce qui le conduira au supplice, Rabelais prit délibérément le parti de bouffonner. Comprenne qui pourra !

« Voyant le deuil qui nous mine et nous consume
Mieux vaut écrire du rire que des larmes. »

Rabelais s'en tint à cette devise du rire, qu'il énonça dès ses débuts d'écrivain. Dolet, lui, écrivait avec des larmes.

En se remémorant ses heureux jours à Lyon, Rabelais sentit des larmes qui coulaient sur ses joues, en souvenir du pauvre Dolet. Il se rappela les vers du *Second Enfer,* composés par Dolet dans la prison d'où il ne sortit que pour être jeté dans les flammes du bûcher :

« Quand on m'aura ou brûlé ou pendu
Mis sur la roue, et en cartiers fendu,
Qu'en sera-t-il ? Ce sera un corps mort
Las ! Toutefois n'aurait-on nul remords
De faire ainsi mourir cruellement
Un qui en rien n'a forfait nullement ?
Un homme est-il de valeur si petite ?
Est-ce une mouche ? ou une vermine qui mérite
Sans nul égard si tôt être détruit ?
Un homme est-il si tôt fait et instruit
Si tôt muni de science et de vertu,
Pour être ainsi qu'une feuille ou fétu,
Annihilé ?... »

Beau poète qu'Étienne Dolet, pas seulement philosophe, pas seulement imprimeur. Beau poète dans la lignée de Villon, comme Marot ! Si loin de ces rhétoriqueurs à la mode, ces Ronsard...

La colère de Rabelais le reprit. Et sa nostalgie, son chagrin de Clément Marot.

Le roman de Rabelais

C'est à Lyon, toujours à Lyon, encore à Lyon, qu'il rencontra Marot pour la première fois. Très laid, avec une barbe de bouc, Marot ressemblait exactement à l'image que les Grecs se faisaient des satyres. Pas satyre des bois et des fontaines, Marot, mais des ruelles de lit, des alcôves, des boudoirs. Cet ancien valet de chambre du roi, que le roi avait offert à sa sœur, comme on donne un lévrier ou un singe, séduisit aussi bien François Ier que Marguerite. Il séduisait d'ailleurs tout le monde, moins par son physique que par son esprit. Et en premier lieu les femmes. Sa patronne, Marguerite de Navarre, l'adorait et l'on était allé jusqu'à dire... Non, Rabelais chassait cette hypothèse. La Dame à la licorne restait immaculée. Par contre, tout Lyon savait que Marot avait dépucelé la future poétesse Louise Labé, alors âgée seulement d'une douzaine d'années. Tout le monde savait que Diane de Poitiers n'était pas insensible au charme de Marot.

Rabelais admirait l'aisance, le ton primesautier, la faconde, le badinage, toute cette légèreté de l'homme de cour que l'ancien moine n'aurait jamais. Il enviait la clarté de sa poésie, la limpidité de ses vers et la manière dont ceux-ci se propageaient à la fois chez les nobles qui les faisaient accompagner au luth, chez les bourgeois qui s'en servaient comme hymnes religieux et même chez les gens du peuple qui les transformaient en chansons.

Clément Marot, le plus célèbre poète de son temps et le plus aimé, était domestique de Marguerite de Navarre, comme Rabelais était domestique des

Du Bellay. Ni l'un ni l'autre ne s'en offusquaient. Un tel état, pour un intellectuel, paraissait en ce temps non seulement naturel, mais représentait un privilège. Devenir poète de cour, ou médecin privé, vous plaçait dans la hiérarchie sociale bien plus haut que les musiciens dont le rang se situait un peu en dessous des chefs de meute. Le poète se rapprochait du prince, comme le bouffon. On attendait qu'il bouffonne à l'occasion et Marot ne s'en privait pas. On attendait du médecin qu'il soit savant ou boute-en-train ; François Rabelais tenait parfaitement ce rôle.

Rabelais avait abordé la poésie par la voie latine. Le fait que Marot n'écrivait qu'en français, contrairement à la plupart des poètes de son âge, ajoutait à son originalité, ou plutôt à son extravagance.

Lorsqu'il connaîtra Marot, Rabelais s'appliquera à versifier en français. Difficilement. Autant il lui semblait normal d'écrire sa prose dans la langue du peuple, autant il répugnait à aborder la poésie autrement que dans la langue des clercs. Personne n'est à l'abri de préjugés ridicules.

Un jour, il crut trouver sa voie (sa voix) poétique. Ses vers français avaient un air populaire, comme ceux de Marot, mais aussi un autre air, plus grave. Il appela Marot et lui récita :

« Pauvres humains qui le bonheur attendez
Haut les cœurs ! Et mes paroles écoutez... »

— C'est bien, lui dit Marot, mais tu as une trop grande mémoire. C'est bien, mais ce n'est pas de toi.

— Pas de moi !
— Écoute :

« Frères humains qui après nous vivez
N'ayez les cœurs contre nous endurcis... »

— Villon ?
— Oui, le cher Villon s'est glissé dans tes vers. Il s'est glissé aussi dans les miens. Mais je le pratique assez pour éviter les pièges qu'il me tend. Toi, tu es tombé dedans comme un niais. Excuse-moi, maître François, toi si savant. Mais justement, tu es trop savant pour être poète. Laisse-moi la poésie. Entre Villon et moi, le temps n'a pas bougé. Nous sommes poètes d'un même âge, de la fin d'un âge, sans doute. J'ai bien lu ta prose. On la croit peu sérieuse, amusante, faite de contes à dormir debout, de sornettes de bonnes gens. J'ai senti la moelle qui se tient tapie dans tes os. Cette moelle, c'est la langue du peuple, ce français étrange que tu es le seul à connaître, toi l'ancien moine prêcheur dans les foires. C'est là ta voie, maître François, dans cette partie de ton œuvre que tu sous-estimes, dans tes almanachs et tes brochures abracadabrantes. Ne pense plus aux Dames du Temps Jadis, maître François ; laisse-les-moi. Je t'abandonne Gargantua et ses ruffians.

Il suivit le conseil de Marot.

Le regret de sa vie restait de n'avoir pu approcher Marguerite, la Dame à la licorne. Marot l'eût introduit à Nérac, auprès de Marguerite, s'il n'avait dû fuir et se réfugier chez Renée de France, fille de Louis XII et d'Anne de Bretagne, épouse d'Hercule II d'Este, duc de Ferrare.

Étonnante bonne femme aussi, que Renée de France, fiancée tour à tour à Charles Quint et à Henry VIII, et qui avait fait de son duché de Ferrare la réplique de la cour de Nérac.

Étrange réplique de Marguerite de Navarre que Renée de Ferrare. Les deux cousines (on disait les deux sœurs) avaient fait de leurs domaines l'asile des évangélistes et des humanistes.

Renée était aussi mal mariée que Marguerite. Toutes les deux avaient des maris grossiers, gens de guerre et non gens de lettres. Mariages politiques que l'un et l'autre. Marguerite était chargée de maintenir la Navarre dans l'alliance française et Renée, la Ferrare, dans les marches du royaume en Italie. Placée là pour servir les intérêts de François Ier, Renée le faisait savoir, allant jusqu'à refuser de parler italien. Au lieu d'une femme d'esprit, Hercule d'Este eût préféré épouser une madone. Avec son menton pointu, ses joues rondes, Renée n'avait rien de gracieux. Mais comme Marguerite, quelle énergie, quelle érudition, quelle passion pour les lettres et la philosophie !

Lors d'un de ses voyages de retour, de Rome à Lyon, Rabelais accompagna Jean Du Bellay à Ferrare. Dans le château d'Este, massive construction aux tours carrées, il revit Clément Marot, insouciant, oublieux de son emprisonnement pour avoir mangé lard en carême, oublieux de la traque dont il avait été l'objet, devenu secrétaire de Renée de France et la plus brillante illustration de sa suite.

Toujours domestique, ou prisonnier, ou fuyard, Marot ne se trouvait chez lui que près de Renée de France. Poète de cour et aventurier, mondain et mystique, moins enjôleur il eût été déconcertant. Il bénéficiait d'une faculté d'adaptation que lui enviait Rabelais; Rabelais ne fut envieux de personne, sinon de Marot qu'il aimait; qu'il enviait mais ne jalousait pas.

Dès l'arrivée de Rabelais à Ferrare, Marot voulut lui faire visiter la ville. Il l'emmena dans les larges avenues bordées de palais à pilastres et finalement l'entraîna dans une taverne qui ressemblait à un bouge.

Ils s'assirent sur un banc qui bordait une lourde table. Marot commanda un pichet de vin et s'étira les membres, comme un chat.

— Ne sens-tu pas désagréablement le collier qui te serre le cou, maître François? Nos protecteurs nous aiment tant qu'ils nous étouffent. De l'air! De l'air! J'ai l'impression, chez Renée, de déposer mon harnais.

Marot jouait parfaitement son rôle de poète de cour, mais parfois il n'y tenait plus, s'évadait et rejoignait la gueuserie des auberges. Alors il courait les plus grands dangers, chien devenu loup.

L'évasion! C'était la grande tentation dans ce

siècle où tout était codifié, où tout était prévu, où tout était surveillé par l'Église. Évasion que les pèlerinages interminables. Évasion que la sorcellerie et les sabbats démoniaques. Évasion que le suicide. L'Inquisition portait une haine d'autant plus vive aux suicidés que ceux-ci lui échappaient totalement, partis de ce monde sans avoir pu être interrogés, torturés, mis légalement à mort. Cette autodestruction paraissait à l'Église un vol, le vol d'une âme. Aussi s'acharnait-elle sur le corps abandonné. Le suicidé était « exécuté » comme un criminel. Le pendu était détaché et, de nouveau, pendu. Celui qui s'égorgeait était promené sur une claie et jeté aux chiens.

— Sais-tu que Picrochole n'est plus César, mais Attila ? reprit Marot. Il a fait couper les pieds aux soldats allemands qui s'étaient loués en France. Tel Bajazet, il promène ses captifs dans une cage de fer jusqu'aux Pays-Bas, comme on montre une ménagerie.

— Les tyrans veulent voir l'humanité s'éteindre avec leur personne, répondit Rabelais.

Et Rabelais se remémorait ce qu'il avait écrit et publié, qui visait aussi bien Picrochole-Charles Quint que Pantagruel-François Ier :

> « C'est trop entreprendre. Qui trop embrasse mal étreint. Le temps n'est plus d'ainsi conquérir les royaumes avec dommage à son frère chrétien. Cette imitation des anciens Hercules, Alexandres, Hannibals, Scipions, Césars et

autres, est contraire à la profession de l'Évangile, par laquelle nous est commandé de garder, sauver, régir et administrer chacune de ses terres et non d'hostilement envahir les autres, et ce que les Sarrasins et Barbares appelaient jadis prouesses, maintenant nous l'appelons brigandages et méchanceté. »

Rabelais dit mélancoliquement :

— Le problème est que les tyrans ne lisent pas les philosophes, ni les poètes. Ou qu'ils ne les lisent que partiellement, prenant dans leur œuvre ce qui leur convient, oubliant le reste.

— Comment trouves-tu ce vin de cépage latin ?
— Moins bon que celui de Chinon.

Cher, très cher Clément, qui s'ennuya vite dans son exil doré de Ferrare, revint à Paris, mais s'y heurta à une telle hostilité de l'Inquisition que le roi ne lui fit plus rempart et qu'il dut s'exiler à Genève auprès de son ami Calvin.

A Genève, si l'on oubliait que Marot avait jadis invité Calvin à Ferrare, pour y prêcher à la cour de Renée, on se souvenait de sa pseudo-abjuration du protestantisme. Pire, comme il ne résista pas à son goût des tavernes, le Consistoire l'accusa d'y jouer aux dés. Marot était toujours fautif. Les catholiques l'emprisonnaient pour avoir mangé du porc en temps d'abstinence et les calvinistes le tracassaient parce qu'il jouait aux dés. Pris entre deux orthodoxies et deux censures, comme Pantagruel entre Andouilles et Carême-Prenant, Marot s'enfuit de Genève et se réfugia non pas à Ferrare, récupéré par les papistes qui l'avaient fait bastonner, mais à Turin. Il y mourra abandonné de tous, en ces temps sinistres où tous les livres de Dolet étaient brûlés sur le parvis de Notre-Dame, préludant à sa propre incinération, et où Rabelais, traqué par l'Inquisition, devait se réfugier à Metz la germanique.

Seul dans sa masure de Saint-Maur-des-Fossés (Gilles courait la prétantaine), Rabelais ouvrit un coffre, en tira une boîte dans laquelle il avait enfermé son trésor : des lettres d'Érasme, de Budé, de Geoffroy d'Estissac, et cette épigramme que Marot lui avait envoyée de Genève, peu avant de disparaître, disparaître comme Villon, son alter ego qui s'était éclipsé au siècle précédent, sans souhaiter le bonsoir à personne.

Il lut à haute voix, comme on lisait toujours les vers :

« Si l'on nous laissait nos jours en paix user,
Du temps présent à plaisir disposer,
Et librement vivre comme il faut vivre,
Palais et cours ne faudraient plus suivre,
Conventions, ni contrats, ni riches maisons,
Avec leur gloire et enfumés blasons ;
Mais sous une belle ombre, en chambre et galeries,

Le roman de Rabelais

Nous promenant, libres et railleries,
Dames et bains seraient les passe-temps,
Lieux et labeurs de nos esprits contents... »

Poésie de Marot... Poésie des regrets... Poésie des adieux...

10.

Son livre terminé, Rabelais reprit tous les après-midi ses allées et venues au château. Le cardinal, auquel il faisait la lecture de son nouveau *Pantagruel*, l'attendait avec impatience, promenant sa guenon dans le parc. Comme il se refusait à attacher l'animal, trois valets suivaient, chargés de le rattraper délicatement dès qu'il manifestait des velléités d'indépendance. Rien n'amusait plus le prélat que de voir ses domestiques grimper dans les arbres pour tenter d'agripper la guenon qui sautait de branche en branche.

— Regardez-les, disait-il à Rabelais, regardez-les, ces mauvais singes, si malhabiles près de ma guenon.

— Mais, éminence, répondait Rabelais, c'est que ce sont des hommes.

Jean Du Bellay s'asseyait dans le salon et l'écrivain, debout, lisait d'une voix forte, avec l'éloquence de l'ancien moine-prêcheur. Jean Du Bellay l'interrompait parfois pour lui demander la signification de certains mots :

— Qu'appelez-vous les papefigues ?
— Les réformés.

Le roman de Rabelais

— Qu'appelez-vous les fredons ?
— Les jésuites.
— Qu'appelez-vous les chats-fourrés ?
— Les hommes de justice.

A chaque fois, le cardinal approuvait en souriant.

Un secrétaire recopiait les pages du manuscrit de Rabelais et cette copie était aussitôt portée par courrier au roi.

Le roi envoyait son accord. Parfois, Jean Du Bellay allait lui-même lire au roi un chapitre du *Quatrième Livre de Pantagruel* et, à son retour, racontait à Rabelais les réactions du monarque.

Il avait particulièrement ri en entendant que le pape, en enfer, était réduit à gagner sa vie en vendant des petits pâtés. Il avait applaudi le passage sur les Espagnols « hidalgos ivrognes, marranisés comme des diables ».

Tout ce qui avait trait à la satire de Rome le réjouissait. Et que Rabelais ait précisé que « la France très chrétienne est l'unique nourrice de la Cour romaine », que le Saint-Siège apostolique est « si redoutable dans l'univers que, *ribon ribaine,* tous rois, empereurs, potentats et seigneurs dépendent de lui, lui appartiennent, sont couronnés, confirmés, pourvus d'autorité par lui, viennent baiser, en se prosternant, la mirifique pantoufle », à tout cela il applaudissait, réclamant une copie pour qu'il puisse la faire lire à Diane.

Le roman de Rabelais

Une embellie se produisit donc dans la vie de Rabelais, de nouveau aimé, de nouveau lu. La faveur que Jean Du Bellay obtenait près de Henri II, amenait à Saint-Maur un afflux de visiteurs, de quémandeurs, d'admirateurs. Les attelages, les cavaliers, aussi bien que les troupes de mendiants, informés de la réhabilitation du cardinal, se succédaient aux grilles du domaine. Jean Du Bellay avait toujours ouvert sa porte à tous et, dans les pires moments de sa vie, accueilli sans crainte les persécutés qu'il mettait à l'abri. Aujourd'hui, poètes, mathématiciens, astrologues, courtisans de tout acabit s'installaient au château, y péroraient, y prenaient leurs aises. Rabelais, flatté d'abord par l'attention dont il était l'objet dans cette cour, se lassa vite de toutes ces embrassades hypocrites, de toutes ces louanges intéressées. Il ne dédaignait pas d'apparaître comme un phénomène, ni de recevoir des témoignages d'admiration, toutefois, à la longue, ces congratulations se transformaient en flagorneries. Il éprouvait un grand plaisir à ce que ses écrits soient divulgués, reconnus pour leur haute valeur, mais il pensait que l'auteur devait se tenir caché. Il voyait bien qu'il se produisait toujours une confusion entre le livre et l'écrivain, qu'on le confondait avec Gargantua, en lui refusant de se présenter tel qu'il était : François Rabelais, médecin.

Dans sa masure, tous les matins, il redevenait François Rabelais médecin. Dans sa masure, tous les matins, les misères du corps accouraient. Et les misères de l'âme. Et les misères du sexe. Il s'était dispensé des misères des femmes, puisqu'il ne recevait que des hommes. Mais s'il ne recevait pas de femmes, le sexe de la femme s'insinuait dans la masure avec les maladies et les plaintes des hommes. La vérole, toujours, la vérole de plus en plus puissante, envahissante, destructive, et contre laquelle il ne pouvait pratiquement rien, sinon d'ordonner des onguents qui ne faisaient office que de calmants. Plaintes des hommes terrorisés par leur impuissance devant la lascivité des femmes et qui réclamaient tous des aphrodisiaques, ayant éprouvé sans succès les remèdes habituels, comme le sperme d'âne. Rabelais pensait avoir retrouvé la recette antique du garum, saumure de sucs de poissons. Il obtenait certains résultats lubriques avec sa mixture. Seulement les patients (impatients) préféraient des raclures de corne de licorne qu'il était bien en peine de leur procurer. Quant aux jaloux, qui soupçonnaient leur femme d'adultère, il s'efforçait de les rassurer, de dévier leurs soucis dans d'autres voies puisque l'adultère était puni de mort et qu'il y avait bien assez de suppliciés comme cela, sans y ajouter des martyrs de Vénus.

Parmi tous ceux qui se pressaient à sa porte, certains n'étaient malades que de la peur de vivre ; peur de la nuit, peur du froid, peur de la faim. Ces accumulations de peurs finissaient par leur donner des fièvres et beaucoup en mouraient. Le mépris de la vie était l'un des chemins les plus courts pour rejoindre la mort.

Et puis, il y avait ces kyrielles de mendiants qui, eux, s'accrochaient à leur misérable existence de toutes leurs dents, ou des chicots qui leur restaient. Rabelais, lui-même à court d'argent, ne pouvait leur donner gros. Dans la domesticité des Du Bellay, il n'avait aucun souci à se faire, mais dès qu'il se libérait, comme par exemple lorsqu'il se réfugia à Metz, cette liberté devenait vite oppressante puisqu'elle avait pour corollaires l'insécurité et l'impécuniosité. Il devait solliciter les aumônes de ses protecteurs, démarche alors banale et habituelle. Les protecteurs étant si harcelés de requêtes de cet ordre, la réponse n'arrivait pas toujours. Même le bon et si riche Geoffroy d'Estissac, auquel il envoyait de Rome des graines du jardin secret du pape et notamment cette semence d'une salade qui, depuis, s'appela la romaine, oubliait de lui en rembourser le port. Il en était de Geoffroy d'Estissac comme de Jean Du Bellay, l'un et l'autre, en réalité, ne maniaient jamais d'argent. Ils ne savaient même pas ce que c'était. Leurs secrétaires payaient sur un fonds inépuisable et les écus ne passaient jamais dans leurs mains gantées. Il leur semblait que, pour Rabelais, il devait en être de même. Qu'un personnage aussi ingénieux, aussi savant, en soit réduit à demander l'aumône les étonnait tant qu'ils en concluaient à une facétie du bonhomme.

Le roman de Rabelais

L'embellie, dans la vieillesse de Rabelais, fut de courte durée. Le page, qui vint le chercher un après-midi, pour le conduire près du cardinal, ne savait pas combien il resterait, dans la pensée du moine-médecin, comme l'image même de l'ange des ténèbres.

Le cardinal annonça en effet à son ami et confident qu'il partait pour Rome. Et comme Rabelais lui demandait pour quel jour il devrait se préparer à le suivre, Jean Du Bellay lui répondit, gêné, caressant avec trop d'application sa guenon :

— Vous ne m'accompagnerez pas cette fois-ci, François.

— En quoi ai-je démérité ?

— Vos mérites n'ont jamais été si grands. Toutefois, ce que vous avez écrit contre la papauté vous dispense d'un tel voyage. La mission que m'a confiée le roi est délicate. Imaginez combien je serais suspect à Rome si l'auteur du *Quart Livre* figurait dans ma suite.

— Le *Quart Livre* n'a pas encore été publié.

— Les copies se sont multipliées à tel point que Rome ne peut en ignorer la teneur. D'ailleurs, il est déjà paru des éditions imprimées, sinon du livre entier, en tout cas des passages les plus croustillants.

Il sembla à Rabelais que son corps se disloquait, qu'il allait s'effondrer. La robe rouge du cardinal s'embrasa et le cardinal lui-même devint flou, comme enveloppé de vapeurs. L'inimaginable se produisait. Le cardinal partait et le laissait seul. Il se cramponna au dossier d'un fauteuil pour ne pas tomber, terrassé par cette nouvelle. Il pressentait qu'une catastrophe suivrait cette séparation. Il ne savait quoi. Il ne comprenait rien pour l'instant. Ce départ précipité l'angoissait seulement. Une angoisse terrible qui lui broyait la poitrine, qui le faisait suffoquer.

— C'est Joachim qui m'accompagne, reprit le cardinal. Rome ne peut qu'être favorable au talent du poète. Et je dois songer à son avenir. Les Du Bellay sont voués à la diplomatie. Il est temps qu'il commence son apprentissage.

Ainsi, Jean Du Bellay s'en était allé, dans un grand bruit de cavalerie. Il s'en était allé, comme jadis du couvent de la Baumette, désinvolte, avec ce droit à l'ingratitude que lui donnait le privilège de sa naissance. La masure, où vivait Rabelais, n'était supportable que parce qu'elle constituait une sorte d'annexe pittoresque du château, une retraite à deux pas du luxe. Privée du château, dont les grilles avaient été bouclées dès le départ du cardinal, la demeure de Rabelais se révélait dans sa vérité d'abri sordide. Saint-Maur-des-Fossés, sans le cardinal, n'avait plus de raison d'être. Plus de raison pour Rabelais de vivre isolé dans ce bourg, trop près de l'abbaye bénédictine. La présence de l'abbaye, écrasante depuis la fermeture du château, rappela à Rabelais sa légèreté vis-à-vis de Gilles, moine fugitif, en danger d'être reconnu et châtié. Gilles aussi devrait le quitter, s'en aller très loin,

loin des livres séditieux, loin d'un auteur trop célèbre, trop repérable.

Gilles rétorqua qu'il ne ressemblait plus du tout à un moine, que sa tonsure s'était effacée, que cent lieues le séparaient de son couvent de Picardie et qu'il y avait peu de probabilité qu'un de ses anciens coreligionnaires vienne jusqu'à Saint-Maur.

— On n'échappe pas à l'Église, lui répondit Rabelais. Ni à ses vœux. Je n'ai dû qu'à la bienveillance du pape d'être délié de mes vœux de franciscain, d'être réintégré parmi les bénédictins et finalement de bénéficier du statut de prêtre séculier.

« Je n'ai dû qu'à la bienveillance du pape... » Et à l'appui de Jean Du Bellay, bien sûr. Mais quand même ! Ce pape n'était pas un si méchant diable. Ce pape qui lui avait dit un jour : « Vous, docteur Rabelais, vous serez toujours un vagabond à travers le siècle. » Pas mal vu, pour un pape. Ne se laissa-t-il pas induire à une trop acerbe critique de la papauté ? De la papauté, non. Il ne reniait rien. La papauté était infâme. La Bête de l'Apocalypse s'était emparée du trône de Saint-Pierre. Mais le pape, mais l'homme pape, mais le misérable vieillard qui, comme tous les hommes, traînait le lourd fardeau de sa chair malade, de sa chair flétrie... En pensant à lui, à lui qui, pour Rabelais, n'avait eu finalement que des bontés, l'émotion le gagnait, et les remords.

— Va-t'en, Gilles. Va-t'en vite. Ils te rattraperont. Tu es en danger près de moi. Nous n'avons plus la protection du cardinal. Il est grand temps que tu partes.

— Ne me chassez pas.

— Je ne te chasse pas, Gilles. Je te demande de me quitter. Tu viens de Picardie. Va vers le sud. Ou vers l'ouest. Oui, vers l'ouest. Je te donnerai un message pour René Du Bellay. Je ne sais pas ce qu'un évêque peut faire pour un moine relaps. Mais il le fera.

— Ne me chassez pas.

— Je ne te chasse pas. Je te demande d'aller rejoindre mon ami René. Te souviens-tu des beaux jours passés près de lui? Allez, ne discute pas. Tu partiras demain.

— Pourquoi ne partirions-nous pas ensemble, comme cette autre fois, dont vous parlez?

Rabelais hésita. Le plaisir passa dans ses yeux. Il hésita. Puis il pensa que les Du Bellay c'était fini, que Guillaume était mort, Jean en route vers Rome... Pourquoi importuner René, lui apporter la peste, à lui, évêque sans histoires; pourquoi lui apporter la boue de cette politique dans laquelle se complaisait son frère et dont ses habits à lui, Rabelais, dont sa peau, dont son âme, resteraient à jamais tachés? Non, il lui enverrait seulement Gilles, cet innocent.

— Tu partiras demain, seul. Avec une belle lettre pour Monseigneur René Du Bellay.

Rabelais quitta Saint-Maur-des-Fossés et se rendit à Paris, tout droit dans la belle demeure de Philibert de l'Orme. Par bonheur, l'architecte y travaillait aux plans du château d'Anet. Il reçut Rabelais avec son affection habituelle, l'invitant à loger chez lui, se réjouissant de le recevoir. D'autant plus réjoui qu'il pouvait faire part à son savant ami de son excitation à l'idée qu'il venait d'inventer un nouvel ordre.

— Puisque les grandes nations de l'Antiquité ont toutes inventé un ordre architectural, pourquoi la grande nation française ne posséderait-elle pas le sien ? Je l'ai trouvé, François. Souvenez-vous, à Rome, toutes les colonnes de marbre étaient taillées d'une seule pièce. Il est impossible avec la pierre de France d'obtenir de tels fûts. J'ai donc imaginé d'ériger des colonnes de pierre constituées de tambours superposés, en masquant les commissures de ces tambours par des séries de bandes entourant le fût de la colonne. J'ai porté mes dessins au roi. Il a approuvé ce que nous appellerons l'ordre français. Après le corinthien, l'ionien, le toscan, l'ordre français... Qu'en pensez-vous ?

Rabelais regardait les planches de dessins. Lui, le savant helléniste, ignorait pourtant, comme Philibert, que les colonnes grecques, au contraire des romaines, n'étaient pas taillées d'une seule pièce et qu'elles se composaient d'anneaux, comme des vertèbres. Philibert de l'Orme retrouvait en réalité le modèle grec qu'il n'avait jamais vu. Rabelais partagea l'enthousiasme de l'architecte. De toute manière, qui n'eût été conquis par les dessins de Philibert, si beaux, si précis, si éloquents !

— Diane voudrait du marbre. Partout du marbre. J'ai fini par la convaincre que l'emploi du marbre en

France était exagéré, trop coûteux, qu'il s'adaptait mal à notre climat froid. Nous avons de belles pierres, qu'il serait absurde de mépriser.

Rabelais se délectait à contempler les esquisses pour le château d'Anet.

— Diane de Poitiers aura un plus beau palais que le cardinal Du Bellay, dit-il avec une certaine amertume.

— Je me suis souvenu des thermes de Dioclétien que nous avons visités ensemble. Mais j'ai fait autre chose, n'est-ce pas ?

Oui, tout autre chose. Philibert de l'Orme avait déjà poussé loin la construction du château d'Anet. Le bâtiment principal et les deux ailes latérales terminés, restaient, à l'état d'ébauches, le pavillon de l'entrée et la chapelle, qu'il montra à Rabelais. Le portail se composait de trois ouvertures de plein cintre sur le thème de l'arc de triomphe et un espace circulaire, surmonté d'un dôme, définissait la structure de la chapelle. Toutefois, la nouveauté dans l'architecture française, apportée d'Italie par de l'Orme, venait de ce qu'il traitait les masses architecturales en sculpteur. Ses cheminées, avec leurs courbes, leurs moulures, leurs têtes de lion, leurs armoiries, n'étaient-elles pas de véritables sculptures, autant, et peut-être plus, que la fontaine de Diane, dans la cour ?

Sur la vasque de la fontaine, Rabelais regarda avec attention les motifs d'une armure.

— Ne dirait-on pas la cuirasse de Guillaume Du Bellay ?

— Oui, François, c'est le motif sculpté sur son tombeau, dans la cathédrale du Mans. En souvenir de nos années heureuses, au Piémont...

L'embellie se poursuivit chez Philibert. Jusqu'au jour où ce dernier se résolut à dévoiler la vérité. Il ne pouvait laisser plus longtemps Rabelais dans sa quiétude, puisque la cour de justice interdisait de vente et d'exposition le *Quatrième Livre de Pantagruel*.

— Pourquoi ? Pourquoi ? s'écria Rabelais.

— Le Saint-Père et le roi sont entrés dans la voie de la réconciliation. Le pape a même présenté ses excuses à Henri. La Cour désavoue donc désormais les attaques contre Rome.

— Vous m'avez poussé à écrire, vous et le cardinal. Je ne voulais plus me mêler des affaires temporelles...

— Le drame de l'écriture, c'est qu'elle se fige dans l'instant où elle est pensée. Comme l'architecture, d'ailleurs. Cependant l'architecture est muette. Votre art, François, trop bavard, trop indiscret, ne sait pas s'adapter à l'évolution du monde. Il reste là, planté comme mes murs. Mais alors que mes murs demeurent éternellement silencieux, vos phrases continuent à crier lorsque ces cris ne sont plus indispensables, qu'ils sont plutôt mal venus, qu'ils indisposent. Il faudrait brûler les livres dès qu'ils ont accompli leur fonction. Faute de quoi, c'est à l'auteur que l'on s'en prend et que l'on brûle.

— Eh bien, qu'on en finisse. Je vais me livrer aux gens de justice. Il y a trop longtemps que nous jouons au chat et à la souris.

— La justice ne vous recherche pas. Avant d'accepter sa mission à Rome, le cardinal a obtenu du roi qu'il ne vous serait fait aucun mal. Le roi me l'a promis aussi. Restez chez moi tant que vous le voudrez.

— Qui serait assez stupide pour se fier aux promesse des rois !

— Le roi m'a donné son amitié et vous êtes mon ami très cher. Il le sait. Il vous estime beaucoup, croyez-moi. Seulement, il ne peut plus permettre que vos livres nuisent à sa politique. Il en est de vous comme de Socrate, à qui l'on ne reprochait pas d'avoir tort, mais bien plutôt d'avoir raison en public et de ne pas garder sa raison pour lui.

— J'ai été bien sot.

— Vous avez écrit sans doute votre livre le plus étonnant, le plus riche, le plus violent aussi. Il n'est point d'actualité aujourd'hui. Il le redeviendra demain. Vous connaissez, mieux que quiconque, les fluctuations de la diplomatie.

Rabelais profita d'une absence de Philibert pour s'enfuir. Il se retira rue des Jardins, dans la paroisse de Saint-Paul, où un cordier lui loua une chambre au-dessus de sa boutique. Pour se détacher de tout cléricalisme, et ne dépendre de personne, n'avoir ni mécène ni prébende, il résilia ses cures de Meudon et de Saint-Christophe-du-Jambet dont, jusqu'alors, il touchait les bénéfices. La cure de Meudon, il la devait à Jean Du Bellay, celle de Saint-Christophe-du-Jambet, dans le diocèse du Mans, à René Du Bellay. L'évêque du Mans, informé de la décision de son curé (qui n'avait jamais vu sa paroisse), envoya Gilles aux nouvelles. C'est ainsi que le petit moine, revêtu de nouveau de la bure franciscaine, rejoignit Rabelais.

Les deux dernières années de la vie de Rabelais furent extrêmement amères. Il n'exerçait plus la médecine, n'écrivait plus, ne recevait personne, à l'exception de Gilles qui lui rendait visite chaque jour. Parfaitement anonyme dans ce quartier populaire, il retrouvait la simplicité et la pauvreté de ses premiers vœux.

Il ne regrettait ni l'existence princière, ni l'aisance, ni les honneurs, ni les louanges. Sa seule obsession, pathologique, tournait autour du destin de son œuvre littéraire. Tous ses ennemis sortaient vainqueurs de la longue guerre qu'il avait menée contre l'intolérance et l'obscurantisme : Loyola, le diable boiteux, s'était accaparé l'humanisme et l'avait détourné de ses vertus réformatrices : Loyola, général du pape ; le pape devenu jésuite... Et Calvin était aussi devenu pape et brûleur d'hérétiques. Le pape et l'anti-pape, il n'en démordait pas, il l'avait proclamé dans le *Quart Livre,* tout cela ne valait pas tripette. Qu'ils s'entretuent, ces maudits, il s'en fichait. Il ne voulait plus rien savoir d'eux. Il les éliminait de ses pensées. Du moins, il essayait. Mais rien n'est plus pernicieux que les diables.

Par contre, ce qui l'angoissait, c'était le sort fait à la langue française, à sa langue, à la langue qu'il avait portée au plus haut bout des mots, dont il avait enrichi le vocabulaire de tous les patois, de tous les argots, de tous les termes de métiers. Aucun autre écrivain n'avait poussé la langue française dans une telle richesse. Il était allé plus loin que Marot (même que Marot!) qui tout poète populaire qu'il fût restait poète de cour. Il était allé plus loin que son maître Érasme qui n'avait écrit qu'en latin et qui se démodait déjà, maintenant que le latin tombait en désuétude. Mais ne passait-il pas aussi de mode, lui, Rabelais, et sa diarrhée verbale? Un astre nouveau se levait: Ronsard.

Bizarrement, Ronsard et Joachim Du Bellay étaient aussi sourds l'un que l'autre. Cette infirmité étonnait Rabelais qui ne comprenait pas que l'on puisse être à la fois sourd et poète. Pour lui, la poésie était avant tout affaire d'oreille. Curieux, cette surdité qui frappait les deux poètes à la mode. De là à penser que leurs vers sonnaient creux...

A chacune de ses visites, Gilles devait réentendre les imprécations de Rabelais contre les poètes de ce qu'on appellera, quelques années plus tard, la Pléiade:

— Ils ignorent les vieux auteurs français. Ils n'ont lu ni *Lancelot* ni *Tristan*. Pour eux, tout commence au *Roman de la Rose*. Mais, justement, le *Roman de la Rose* a jeté le français dans une route de traverse, vers la futilité, la fadeur, la puérilité. Leur poétique est une belle machine, mécanique et artificielle. As-tu lu Ronsard, Gilles ?

— Oui, maître.

— Tu n'aurais pas dû. Un franciscain ne peut pas aimer Ronsard.

— Je ne vous ai pas dit que je l'aimais.

— Il ne manquerait plus que ça. Mon cher Philibert, homme au goût si sûr, déteste Ronsard. Tu as vu ces vers boursouflés, ces surcharges d'allusions mythologiques ? Ronsard veut faire croire qu'il lit le grec en parlant français avec un accent grec. Il croit nous épater.

Étranges simagrées du destin. Alors que Rabelais est réduit au silence et que son protecteur l'abandonne, Ronsard trouve, lui aussi, son cardinal, un cardinal ennemi de Jean Du Bellay, puisque de la famille des Guises. Charles de Guise, cardinal de Lorraine, loge Ronsard dans sa résidence de Meudon ; Charles de Guise, protégé par Diane de Poitiers, donne à Ronsard une place olympienne.

Avec Rabelais, la langue française atteint une grandeur, une plénitude, une envolée, une richesse, qu'elle n'avait jamais eues. Pour compenser l'inertie de l'imprimé, elle se fluidifia, se gonfla de mots nouveaux, de métaphores. Comme le craignait Rabelais, après lui elle déclinera. Pire, elle le reniera. Ronsard forgera une langue poétique séparée de la langue vulgaire. Pour Rabelais, il n'y avait pas de langue vulgaire, il n'y avait pas de mythologie. Ou sinon deux êtres mythologiques : le roi François, premier du nom, et sa sœur Marguerite.

— Mais je n'ai jamais divinisé le monarque, comme le fait Ronsard, dit Rabelais qui, souvent, parlait à Gilles sans le mettre au courant de ses cogitations, comme si celui-ci écoutait ses longs silences et saisissait au vol les propos abrupts qui suivaient.

— Non, non, vous n'avez pas divinisé le monarque, approuvait le petit moine.

Il approuvait toujours Rabelais, même s'il pensait parfois que son maître radotait. Il l'approuvait parce qu'il savait que c'était le seul remède qui apaisait le vieil homme meurtri.

— J'ai peur, dit Rabelais.
— De quoi, maître ? De Dieu ?
— Non, des hommes.

Gilles faillit lui dire : « Vous n'avez rien à craindre des hommes. Ils vous ont oublié. »

Il se retint à temps.

— J'ai inventé une langue qui ne survivra pas à mon siècle, reprit Rabelais.

Puis, comme toujours désormais, il se laissa aller à un de ces mutismes que le petit moine ne rompait jamais. Rabelais restait assis devant sa table encombrée de livres qu'il avait apportés de Saint-Maur-des-Fossés. Son seul bien. Toujours les mêmes livres, les mêmes auteurs : Érasme, Dolet, Marot, la Bible, Hippocrate, Galien... La chambre disposait d'une lucarne qui l'éclairait et qui permettait de voir l'animation de la rue des Jardins. Debout, le visage contre la lucarne, Rabelais passait beaucoup de temps à observer les charrois qui descendaient vers la Seine, toute proche. Les clients du cordier parlaient fort. Ils parlaient la langue de Rabelais, ce français qui, bientôt, disparaîtrait au profit d'un français maigre. Rabelais les écoutait avec jubilation. Il écoutait tous les bruits de la rue, les appels des crieurs ambulants, les psalmodies des mendiants, les jurons des charretiers. Tous ces bruits qui formaient le tissu de ses livres.

Il ne sortait guère, sinon pour se rendre à l'église Saint-Paul, où il se recueillait et, parfois, assistait à la messe du matin, cette messe qu'en tant que prêtre il eût dû célébrer chaque jour s'il n'avait éprouvé tant de répulsion pour la routine.

Par beau temps, il descendait au bord du fleuve et s'attardait longuement à regarder les mariniers, les voituriers qui poussaient leurs chevaux vers les barques à foin, les lavandières, les pêcheurs. Il aimait cette activité sonore des ouvriers de l'eau, des véhicules et des bêtes. Il reconnaissait, dans les exclamations de ces hommes, dans leurs plaisanteries salées, dans leur vocabulaire pittoresque, le français qu'il avait voulu magnifier, exalter.

Bien sûr, chez eux ce français restait fragmentaire, plus pauvre, beaucoup plus pauvre que celui de Pantagruel. Parce que c'était un langage de pauvres gens. Il avait voulu que cette langue des pauvres devienne la langue de l'avenir. Il n'avait plus d'illusion. La langue de l'avenir serait celle des riches, celle de Ronsard et de Diane, celle des Guises. Il avait misé gros, très gros, trop gros sans doute. Il avait misé toute sa vie sur cette révolution du langage. Et cette révolution, comme l'autre, comme la révolution politique et religieuse, était bafouée, trahie.

Rentrant dans sa chambre et y trouvant Gilles, il le dévisagea avec stupeur, ne le reconnaissant pas, se disant, un bref instant : « Que fait, ici, ce moine ? » Puis il se ravisa :

— Ah ! Mon fidèle ami !

C'était la première fois qu'il donnait le nom d'ami au petit moine qui en fut bouleversé. Gilles comprenait bien que son maître déclinait, qu'il y avait dans sa mémoire des « absences », qu'il délirait parfois, radotait souvent. La vieillesse, que Rabelais appréhendait, lorsqu'il jouait au vieillard dans sa retraite de Saint-Maur, se déclarant vieux sans y croire, la vieillesse lui tombait maintenant dessus.

— Comme tu es jeune, Gilles, reprit Rabelais. Comme tu me ressembles. Tu es là, vêtu de cette robe de cordelier que j'ai portée pendant si longtemps. Ma raison s'égare. Parfois je te vois comme un double de moi-même, un reflet, l'ange de ma jeunesse qui vient me chercher. Pour m'emmener où ?

Trop ému pour répondre, et d'ailleurs quoi répondre, Gilles demeurait silencieux.
— Pour m'emmener où ? reprit Rabelais.
Gilles continuait à se taire.
— Ange, cher ange, tu ne veux pas me le dire.

De jour en jour, Rabelais déclinait. Il ne sortait plus de sa chambrette. Comme il n'avait aucune ressource, Gilles, chaque matin, lui apportait un peu de nourriture, qu'il mendiait. Mais Rabelais y touchait à peine. Il ne prononçait plus que des phrases souvent inintelligibles :
— Tous ces laquais qui veulent parler comme le maître !
— Quels laquais ?
— Ces rossards... ces ronsards... ces roquets...
Un long silence.
— Marguerite ! Ma Dame à la licorne ! Marot, ce farceur, ne m'a-t-il pas menti ? N'y a-t-il jamais eu de licorne ? N'y a-t-il jamais eu de Marguerite ?

Rabelais mourut seul, oublié, sauf du petit moine qui arriva près de lui, au dernier instant et auquel il confia, dans un souffle :
— Je vais quérir un grand peut-être...

C'était le 9 avril 1553. Les jonquilles recouvraient d'un tapis doré l'île Saint-Louis voisine, alors île aux Vaches. Gilles fit inhumer le défunt dans le cimetière de l'église Saint-Paul. Puis il partit rejoindre son couvent, en Picardie.

DU MÊME AUTEUR

Romans
aux Éditions Albin Michel

Le cycle vendéen :
Les Mouchoirs rouges de Cholet.
La Louve de Mervent.
Le Marin des sables.
Le Cocher du Boiroux.

La Mémoire des vaincus.

Récits autobiographiques

L'Accent de ma mère, Albin Michel et coll. « Terre humaine », Plon.
Ma sœur aux yeux d'Asie, Albin Michel.
Drôles de métiers, Albin Michel.
Enfances vendéennes, Ouest-France. Coll. « Point Virgule », éd. du Seuil.
J'en ai connu des équipages, entretien avec Claude Glayman, J.-C. Lattès.

Essais

Histoire de la littérature prolétarienne de langue française, Albin Michel.
La Voie libertaire, coll. « Terre humaine », Plon.
1793. L'Insurrection vendéenne et les malentendus de la liberté, Albin Michel.

Critique et histoire de l'art

L'Art abstrait (tomes 3, 4, 5), A. Maeght.
Naissance d'un art nouveau, Albin Michel.
25 ans d'art vivant, 1944-1969, Galilée.
Les Maîtres du dessin satirique, P. Horay.
Atlan, mon ami, 1948-1960, Galilée.
Karel Appel, de Cobra à un Art Autre, Galilée.
Jean Dubuffet, paysages du mental, Skira-J. Bucher.
Les Ateliers de Soulages, Albin Michel.
James Guitet, les forces du silence, SMI.
54 mots clés pour une lecture polyphonique d'Agam, Fall.
Le Dessin d'humour, coll. « Point Virgule », éd. du Seuil.
Journal de l'art abstrait, Skira.
Martin Barré, Calder, Corneille, Dubuffet, Fautrier, Étienne-Martin, Kemeny, Kœnig, Marta Pan, Poliakoff, Schneider, monographies chez divers éditeurs.

Urbanisme et architecture

Histoire mondiale de l'architecture et de l'urbanisme modernes :
  Tome 1, *Idéologies et pionniers*, 1800-1910, Casterman.
  Tome 2, *Pratiques et Méthodes*, 1911-1985, Casterman.
  Tome 3, *Prospective et futurologie*, Casterman.
Esthétique de l'architecture contemporaine, Griffon, Neuchâtel.
L'Homme et les Villes, Albin Michel (éd. illustrée Berger-Levrault).
L'Architecture, le Prince et la Démocratie, Albin Michel.
L'Espace de la mort, Albin Michel.
L'Architecture des gares, Denoël.
Claude Parent, monographie critique d'un architecte, Dunod.
Goldberg dans la ville, Paris Art Center.
Le Temps de Le Corbusier, Hermé.
C'est quoi, l'architecture ? coll. « Petit Point », éd. du Seuil.
Histoire de l'architecture et de l'urbanisme modernes, coll. « Point Essais », éd. du Seuil, 3 vol.

*La composition de ce livre
a été effectuée par Bussière à Saint-Amand,
l'impression et le brochage ont été effectués
dans les ateliers de B.C.A. à Saint-Amand-Montrond (Cher)
pour les Éditions Albin Michel*

*Achevé d'imprimer en décembre 1993.
N° d'édition : 13366. N° d'impression : 2368-93/626.
Dépôt légal : décembre 1993.*